A cordilheira

Pedro Braga

A cordilheira

Romance

L·G·E
EDITORA

Brasília, 2011

LGE Editora Ltda.
SIG Quadra 04 Lote 283 – 1º Andar
Tel.: (61) 3362-0008 – Fax: (61) 3233-3771
lgeeditora@lgeeditora.com.br
www.lgeeditora.com.br

Editor
Antonio Carlos A. Navarro

Autor
Pedro Braga

Foto da capa
Huayni Potosí – Andes, Bolívia
Autor: Jonathan Lewis (Wikimedia Commons)

Revisão
Adriana Goya

Projeto gráfico e diagramação
Samuel Tabosa de Castro

Impressão e acabamento
LGE Editora Ltda.

Dados Internacionais de Catalogação na Publicação (CIP)

Braga, Pedro.
A cordilheira . / Pedro Braga . – Brasília : LGE, 2011.
106 p. 18 cm.

1. Literatura brasileira. 3. Romance. I. Título.

CDU 82-31

ISBN 978-85-7238-486-5

Visite nosso site: www.lgeeditora.com.br

A Clóvis Sena,
in memoriam.

E para Katia Guillermina, que muito me ajudou a conhecer a Bolívia.

A cordilheira

1

Conta a lenda sobre a origem dos povos incas que há muitos séculos o herói mítico Manco Cépac tornou-se o primeiro soberano daquela nação. Na "casa da aurora" (Pacari Tampu) existia uma colina, a "casa dos ventos" (Tampu-tocco). Certa feita, o chão da colina abriu-se e da fenda apareceram quatro irmãos: Manco, Cachi, Uchu e Auca, todos casados com suas quatro irmãs. E o império foi se expandindo por vários países da América do Sul. Com a chegada dos conquistadores, a "casa dos ventos" foi ocupada por novos personagens, e a "casa da aurora" transformou-se, como constatamos depois, em a "casa do pôr-do-sol".

Surge muito após a Bolívia, um país magoado pelas muitas injustiças da História, a população nativa aviltada em sua humanidade, desprezada em sua cultura, abandonada à sua própria sorte. Pobre país esse, expropriado em seu território, subtraído das areias brancas e das águas azuis do imenso oceano.

A Bolívia tem nostalgia do mar. Nada pior do que o sentimento de perda. Pode-se dizer, à guisa de alento, que sem aquele pedaço de território pelo qual se podia chegar ao Pacífico a Bolívia tornou-se, geograficamente, o coração da América do Sul. O coração!

Já vai longe o tempo da guerra com o Chile na defesa de seu pedaço de mar. A guerra do Pacífico, que deixou vítimas e heróis.

Naquele fim de tarde, La Vieja olhava com seu olhar triste a estátua daquele homem que não era militar, mas próspero empresário, feita em bronze, que pegou em armas e, diante da derrota iminente, bradou uma frase que ficaria famosa.

La Vieja relia a frase escrita no pedestal do monumento. Virou a cabeça, deu uma cusparada no chão e saiu com passos lentos, em silêncio. A velha ruminando sua amargura maldizia a tudo e a todos, principalmente a seus familiares. Ela já havia esquecido a própria idade. Há anos, perambulava pela cidade de La Paz à procura de seu marido. Trazia uma foto dele, ainda jovem, ao tempo em que desaparecera para não ser preso pelas forças repressivas nos anos cinquenta.

A efígie diante da qual La Vieja se detivera é de Eduardo Abaroa, quase deitado sobre um suporte em balanço a lembrar a metade de uma ponte, fuzil próximo ao corpo, em posição de combate; o teatro dessa guerra desigual foi a cidade de Calama; o ano, 1879. Dias antes, Abaroa encontrou-se com o Coronel Villagran no Consulado da França, em Antofagasta, para negociarem. O Coronel chileno o aconselhou a retirar-se para junto de seus familiares. Eduardo Abaroa respondeu-lhe: "*Soy boliviano, esto es Bolivia y aqui me quedo*". Durante a batalha de Topáter, Abaroa tombou no campo de honra naquele sombrio 23 de março. Eduardo Abaroa foi um dos primeiros a se apresentar como voluntário a Don Ladislao Cabrera, sendo logo investido como o segundo na hierarquia de comando, no posto de tenente, assumindo papel importante no planejamento da defesa do território boliviano. Cabia a esses voluntários civis impedir que as tropas chilenas cruzassem a ponte sobre o rio Loa. Era uma tropa de mil homens organizados contra cem voluntários sem treinamento militar. As tropas chilenas avançavam, transpondo cerca e fossos, até chegarem à estreita ponte. Os bolivianos abriram fogo, ferindo vários soldados do Chile. O Coronel Villagran ordenou a suas tropas para não dispararem. Algum tempo depois, ouviu-se o brado de Villagran, a plenos pulmões:

– *Ríndase, mierda*! – A resposta de Abaroa veio imediata:

– *Rendirme yo?... Qué se rinda su abuela, carajo*! – E os bolivianos recomeçaram a atirar. Os chilenos ripostaram. Deitado, apoiado nos cotovelos, Abaroa continuava a disparar, usando também as armas dos companheiros que tombaram. A cavalaria avançou em sua direção; com o sabre Abaroa ainda resiste, mesmo atingido por um projétil na garganta;

em seguida foi atingido por vários disparos. Estendido no chão e sangrando, ele entrava naquele momento supremo para a História. O próprio coronel chileno Sotomayor reconheceu seu destemor e ordenou que seus soldados lhe apresentassem armas diante do corpo inerte. Ainda hoje o eco de sua frase circula por toda a Cordilheira.

Eduardo Abaroa, pela sua bravura, foi enterrado pelos chilenos, no cemitério de Calama, com honras militares. Há que se respeitar os heróis, mesmo estando-se em campos contrários. O heroísmo não tem pátria; ele medra sempre em condições adversas e limítrofes. Assim foi com aquele homem magro e alto, cabeleira cheia, de bigode e cavanhaque, que lhe davam uma feição austera; olhar decidido e cuja indignação o encaminhou diretamente para a peleja desigual. Depois, em 1952, os despojos de Abaroa foram trasladados para La Paz, transformando-se em nome de praça, ali inumado, visível em forma de bronze.

La Vieja ignorava toda essa história e nem lhe passava pela cabeça por que se comemora *El Dia del Mar* no país que a acolheu e onde vivia há muitos anos, já que chegara ainda jovem e tinha perdido a conta de sua idade. Ela talvez tenha apreciado a resposta de Abaroa. Mas como saber? Ela continuava infatigavelmente o seu percurso sem rumo certo perguntando sempre por Victor, o marido desaparecido em uma noite fria e brumosa de *pronunciamiento* militar. Victor era jornalista e se batia pela liberdade. Dorotea (esse o nome civil de La Vieja) e Victor àquela época moravam no apartamento dos pais dele; ela era muito jovem e nada compreendia do que se passava no mundo político. Casara-se com Victor e o acompanhara como esposa, não tinha qualquer militância nem ideal, apenas desejava levar uma vida pacata ao lado dos filhos que nunca vingaram; três precipitações de parto levaram-na a desistir do desejo de ser mãe. Ela, segundo consta, tinha um útero infantil. Vagava agora pela cidade a sua solidão e desespero e o desejo ardente de reencontrar o marido. A todos de quem se aproximava, repetia a mesma pergunta: "*Hás visto Victor?*" E mostrava uma fotografia amarelecida pelo tempo. Tinham-na como louca.

Abaroa deveria ter consentido na exortação de Vallagran e retornado para o seio de seus familiares para reencontrar sua esposa Irene, nascida Rivero, e seus quatro filhos? Viveria para sempre envergonhado como um pacato pai de família ou resistiria com armas na mão? Esse o dilema. Optou pela morte digna. Abaroa havia prometido a Irene quando dela e dos filhos Andrónico, Eugenia, Antonia e Juan Eduardo despediu-se na manhã de sua partida. Depois de tomarem o desjejum, ele chamou cada um dos filhos, colocava-os no colo e sussurrava umas palavras no ouvido que os fazia rir; depois lhes beijava a face. Estava sorridente. No limiar da porta principal deu um beijo e um longo abraço na esposa Irene, e disse-lhe que retornaria ao lar *"luego del combate con los Caracoles"* – tentando passar-lhe confiança e amenizar a dor da saudade antecipada. Mas não foi assim. No dia seguinte ao trágico acontecimento de sua morte, um mensageiro cavalgou a noite inteira para trazer a Irene a má notícia em uma manhã de névoa baixa e frio intenso. A mulher ouviu em silêncio e em silêncio escorreram-lhe lágrimas pelo rosto alvo, ela a olhar para o horizonte como querendo ver o esposo que partira. A Bolívia perdeu o mar, Irene e os quatros filhos perderam Eduardo, esposo e pai, ele que possuía uma mina de prata que levava o nome de Inca, próxima do povoado de Calama, no vale do rio Loa. Abaroa morto, o capitão chileno Memoroso Ramírez apropriou-se de seu Winchester e de Chaska, seu cavalo. Mas o maior butim era 120 mil quilômetros quadrados de território na borda do Pacífico. Ironia triste: a História às vezes brinca com os nomes...

Irene ainda ouvia a promessa do marido e pensava em como comunicar a tragédia aos filhos. Disso tampouco La Vieja sabia. Ela não era dali e a razão, ainda por cima, lhe fugia.

– *Hás visto Victor?* – e exibia a fotografia.

– *No, señora, no le he visto* – respondiam invariavelmente.

E La Vieja prosseguia sua *via crucis*, ora em silêncio, ora com murmúrios incompreensíveis.

La Vieja morava em uma casa de adobe caiada nas encostas de um morro. La Paz fica numa espécie de "panela" na Cordilheira. Ao chegar a casa, ligava de imediato o rádio, sua única companhia. Ouvia todos os radioteatros e todos os programas, até as informações na esperança de que dessem notícias dos desaparecidos. Só interrompia para jantar, que consistia em uma caneca de café preto com bolachas. Estava magra e sentia muitas dores. Os vizinhos, embora a tratassem com deferência, referiam-se a ela como La Loca. Não podia ver um cão preso que queria soltá-lo; se o cão latia muito, ela ia queixar-se ao dono exigindo-lhe que desse comida ao animal, pois era fome, segundo acreditava obsessivamente. Chegou até a invadir, certa vez, uma casa, para livrar o cãozinho da corrente que o prendia, o que lhe valeu uma queixa-crime na delegacia de polícia. Mas quem a conhecia, fazia de conta que a obedecia, movidos por certa condescendência e sentimento de compaixão. La Loca era uma dessas personagens do bairro em que morava; já no trecho da cidade onde mais circulava à procura de seu Victor era tida como uma dessas doidas mansas, como muitos outros que povoam inúmeras cidades pelo mundo afora. Os loucos em seus universos interiores misteriosos, povoados de sombras. Victor agora não passava de uma sombra.

La Vieja frequentemente sentada em uma poltrona já gasta, que ela recolhera do lixo, divagava pelo passado, na época em que era jovem. Era uma mulher pequena, magra, pernas roliças sem forma, dentes miúdos, hoje gastos pelo tempo. Duas vezes por semana ela mesma pintava as unhas com esmalte vermelho e colocava rolos no cabelo para no cair da tarde fazer um penteado como se fosse sair de novo. Precisava estar bonita quando Victor aparecesse – pensava. Religiosamente fazia isso. Não iria arranjar outro: tinha que ser Victor, jovem e bem apessoado – continuava em sua divagação. Ela, muito jovem ainda, conhecera Victor na cidade do Rio de Janeiro, quando ele era correspondente de alguns jornais na Bolívia. Ela tinha traços regulares, mandíbulas bem definidas, rosto quadrado como os nômades beduínos moradores do deserto, os saarianos. A cor da pele era parda. O sorriso e o olhar eram brejeiros, o jeito sensual. Quando conheceu Victor, vivia um drama psicológico; ela havia sido estuprada pelo dono de um estabelecimento comercial onde fora pedir seu primeiro emprego após a morte do pai. Victor a ajudou muito a superar esse trauma. O segundo drama que vivera na luta pela sobrevivência foi quando se dirigiu a um parente distante que era deputado federal e, em seu gabinete, estando os dois sozinhos ao cair da noite e os funcionários já tendo saído, ele pediu-lhe para sentar-se em uma poltrona de dois lugares. Enquanto ouvia-lhe a síntese de sua história de desespero dos últimos tempos, ia aos poucos se aproximando dela com olhar concupiscente. Antes mesmo de ela terminar, ele fez-lhe o convite fatal que a deixou desesperada a ponto de empurrá-lo e sair correndo com o seu desespero pelos corredores solenes da Câmara dos Deputados.

Os amigos mais próximos sabiam que seu pai, por quem fora criada e por quem nutria um amor intenso, fora traído pela companheira de há muitos anos. Separaram-se, e Dorotea ficara sob a guarda paterna, porque a separação havia sido por culpa da mulher. Quando ela perdeu o pai, ficou morando sozinha. Ela tinha uma foto do pai em cima da cômoda, em seu quarto. Sempre nos momentos de desespero, tristeza ou solidão, dirigia-se à foto e conversava com o pai como se ele ali estivesse, vivo, diante dela, ouvindo-lhe atentamente e comunicando-lhe alívio pelo seu olhar. Ela choramingava durante essas conversações que eram longas, muitas vezes.

Quando se uniu a Victor e viajaram para a Bolívia, estava grávida de três meses. Mas chegando a La Paz, teve a primeira precipitação de parto.

Eram tempos plácidos. Eles moravam no apartamento dos pais dele. Victor continuava seu labor como jornalista. Até que a maré da política começou a agitar-se, como ocorria muitas vezes na Bolívia, o epicentro da Cordilheira.

Foi aí que as coisas mudaram radicalmente para Dorotea.

2

Dorotea passeava pelas ruas *paseñas* de mãos dadas com Victor. Ele lhe mostrava a cidade, seus monumentos, seus prédios históricos e aqueles de valor artístico. Arquitetura espanhola a mais de três mil metros do nível do mar. O oxigênio é rarefeito e Dorotea ainda não estava acostumada. Sentia falta de ar e cansaço, por isso caminhavam devagar. Victor dizia que para se conhecer uma cidade é melhor percorrê-la a pé. Só de quando em quando pegavam um ônibus para se deslocarem aos bairros mais longínquos do centro. Dorotea possuía inteligência e sensibilidade aguçada e sabia apreciar o casario e a Cordilheira. Àquela época, ela contava mais ou menos 23 anos. Era início dos anos 50. Os índios sentados nas escadarias dos prédios públicos e das igrejas mascavam folha de coca e escorria uma gosma esverdeada pelos cantos da boca. A folha de coca alivia a fadiga e os outros efeitos das alturas. As *cholas*, índias mais abastadas, usam chapéu alto e falam espanhol. Mas todas usam indumentárias coloridas, embora predominem as saias, ou *polleras*, pretas debruadas com fitas coloridas.

Victor lhe disse: – La Paz fica numa espécie de panela incrustada na Cordilheira dos Andes.

Dorotea não percebia nada daquele momento histórico, apenas que havia algo no ar; nem o marido nem os sogros lhe falaram nada da instabilidade política que reinava. Em 1952, estourou a revolução preparada pelo Movimento Nacionalista Revolucionário, cujo principal líder era Paz Estenssoro, que vivia exilado na Argentina. A revolução destronou a Junta Militar de Governo, constituída no ano anterior a fim de impedir a ascensão ao poder do partido de Paz Estenssoro. O Movimento congregava, além dos sindicatos mineiros, os intelectuais radicais de classe média. Paz Estenssoro assumiu a presidência da República e levou a cabo as mudanças anunciadas: monopólio na exportação do estanho, estatização das minas pertencentes a três poderosas famílias, autorizou a exploração e a exportação do petróleo por companhias estrangeiras, realizou a reforma agrária, concedendo grandes áreas às populações indígenas. Estenssoro cumpriu seu mandato. Foi substituído, em 1956, por Hernán Siles Zuazo, que fora seu vice. Siles Zuazo enfrentava a oposição ferrenha da Falange Socialista Boliviana que viu frustrada a tentativa de golpe de estado, no qual morrera seu líder Oscar Unzaga de la Vega.

Enquanto isso, Dorotea saía sempre para ver vitrines e comprar sapatos. Ajudava em casa, nas tarefas domésticas e aprendia algumas especialidades gastronômicas com a sogra, que era uma pessoa amena e paciente. O sogro, já aposentado, passava os dias a ler jornal ou a ouvir rádio com o ouvido quase encostando no autofalante. Sempre de pijamas e pantufas, como quem não temia ser pilhado em casa por quaisquer das partes em contenda. Ele já se considerava fora de combate, por isso mesmo seria um prisioneiro desnecessário.

Dorotea também saía para ir às compras de víveres em uma *tienda* nas proximidades do apartamento, a pedido da sogra.

Na História, porém, existem causas remotas e estas foram a Grande Depressão de 1929 e a Guerra do Chaco, entre Bolívia e Paraguai. A Bolívia sofreu enormes baixas e perdeu a guerra, e com ela a região do Chaco, onde haviam descoberto petróleo no sopé da Cordilheira e, além do mais, a região lhe abriria, pela calha do rio Paraguai, acesso ao Oceano Atlântico. Decididamente, o país estava fadado a continuar como o coração da América do Sul, com suas decepções e sentimento de perda. Nada pior para qualquer coração! O mar tornava-se cada vez mais distante.

Só vagamente Dorotea acompanhava as notícias. A vida para ela consistia em ajudar na cozinha, esperar o marido chegar do trabalho, fazer compras e colecionar sapatos.

As nuvens, porém, estavam pesadas. Os anos cinquenta seriam uma década de grande ebulição na Bolívia, as tensões só faziam aumentar.

Certa noite, Victor chegou tarde ao apartamento; os pais já dormiam, mas Dorotea, embora deitada, estava acordada à espera do marido. Há algum tempo ela tinha uns pressentimentos. Ela ficara aflita. Victor estava apressado, mal lhe deu um beijo, disse-lhe com certa tensão na voz:

– Vou ter que me ausentar por uns dias, já estão à minha procura.

– Estás chegando de onde? – ela perguntou.

– Da redação.

– Quem está à tua procura?

Ele permaneceu em silêncio enquanto colocava de qualquer jeito algumas mudas de roupa e utensílios de toalete em uma pequena valise. Deu-lhe outro beijo e partiu às pressas. Ela ainda foi atrás dele até a porta. Ele sussurrou:

– Avisa meus pais, quando eles acordarem, e diz pra eles não se preocuparem. Estarei em lugar seguro.

E desapareceu pisando de leve nos degraus da escada. Ao longe, o longo miado de um gato.

Na manhã seguinte, dois homens se apresentaram ao apartamento pedindo que Dorotea os acompanhasse. Ela pediu alguns minutos, o tempo de trocar de roupa. Eles disseram para ela levar o passaporte. Saiu com eles por volta das oito horas da manhã e só retornou no final do dia. Ela ficou algumas horas em uma pequena sala de espera mal ventilada, toda pintada amarela escura, sentada em uma poltrona onde se viam pedaços de enchimento saírem pelos lados. Depois foi levada para uma soturna sala onde havia um oficial da polícia de paletó e gravata com o nó frouxo e um cigarro pousado no cinzeiro.

– De onde você é?

– Do Brasil.

– De que cidade?

– Rio de Janeiro.

– Rio de Janeiro... – repetiu o comissário. – Hum...

– O quê você está fazendo aqui?

– Vim acompanhando meu marido.

– Hum... O que seu marido fazia no Brasil?

– Ele era correspondente de jornais daqui e do México.

– Hum... Há quanto tempo estão casados?

– Há dois anos.

– E você, em que você trabalhava?

– Eu fiz enfermagem, mas não cheguei a exercer.

– Você sabe das atividades políticas de seu marido?

– Não, nunca tive a curiosidade.

– Dê-me o seu passaporte; ele ficará comigo, depois o devolverei.

– Mas o senhor não tem esse direito!

– Direito, direito... No atual momento essa é uma palavra vazia de significado. Atualmente o único direito que existe é o do Estado. A senhora está dispensada, mas não se afaste da cidade; poderá ser convocada a qualquer tempo para outra conversa.

Dorotea saiu deprimida, com a roupa cheirando a nicotina e com um pouco de náuseas. Percorreu o longo corredor lúgubre, desceu vários lances de escadas e, já na rua ofuscada pela claridade do sol, dirigiu-se para o ponto de ônibus. Aguardou ainda quarenta intermináveis minutos. Quando chegou ao apartamento, foi direto para o banheiro. E vomitou.

A partir desse dia, quando olhava pela janela, na esquina da rua de defronte, havia um homem com paletó cinza surrado, de cor diferente da calça, ora parado lendo jornal, ora indo de um lado para o outro da calçada, sob a marquise. Observava sempre quando alguém saía ou entrava no prédio onde ela morava.

Passada uma semana, os mesmos homens foram buscá-la de novo, pois o chefe queria conversar com ela. O mesmo tempo de espera. Quando entrou no gabinete do chefe, este estava limpando as unhas com um canivete. Ela deu bom dia, e ele apenas disse: – Sente-se. Ela sentou-se e ele sem erguer a cabeça, continuando a limpar as unhas, perguntou:

– Alguma novidade?

– Não, nenhuma.

– Como assim, ele não deu notícias?

– Não.

– Então, vocês não são casados?

– Somos, mas ele não deu.

Ele parou de limpar as unhas, colocou o cotovelo em cima da mesa e a mão cobrindo os olhos como se fosse a aba de um boné. Perguntou com voz mansa, como se não fosse para ela que ele se dirigia:

– Não seria melhor acabarmos logo com esse transtorno de você vir aqui sempre? Só queremos conversar com ele, nada mais. É para o bem de vocês. Depois, vocês podem retomar a vida tranquilamente.

– Como posso dizer onde ele está se eu não sei?

O chefe deu um grande suspiro de insatisfação. Olhou-a nos olhos longamente e, em seguida, disparou:

– Por que prolongarmos essa trabalheira se logo vamos achá-lo, de uma forma ou de outra? Por que você dificulta as coisas? – Seguiu-se um longo silêncio, até que o chefe disse: – Por hoje está dispensada.

Ela levantou-se sem nada dizer; quando já ia saindo, ele a chamou de volta. Olhou-a de cima a baixo e disse:

– Não, nada. Me passou pela cabeça ideias malsãs. Pode ir.

Os pais de Victor entraram em um silêncio profundo. Só falavam o essencial. Dorotea ficou com medo, com muito medo. "Será que Victor está realmente em local seguro?" – pensava. Toda vez que olhava pela janela, lá estava ele, o homem de paletó surrado. Uma ocasião, ele desapareceu. Mas ela observou, mais adiante um carro preto. De tempos em tempos, dava uma espiadela, e o carro continuava no mesmo lugar. "Devem ser eles" – pensava. "Ou será que estou ficando louca?" – sua mente agitava-se em grande perturbação interior.

Os dias transcorriam tristes. Eles estavam sempre à espera de que alguma coisa de ruim acontecesse. Dorotea vivia sobressaltada. Em uma manhã bem cedo lá estavam eles tocando a campainha da porta. Dorotea nem mesmo havia tomado o desjejum; aprontou-se às pressas e saíram os três uma vez mais.

Já no comissariado, a pergunta:

– Tem alguma coisa contra o nosso país? – indagou o chefe.

– Não, nenhuma. Muito pelo contrário.

– E seu marido deu notícias?

– Não, nenhuma.

– Quem sabe ele fugiu com outra?

Nisso, Dorotea estremeceu. O comissário levantou-se lentamente de sua cadeira, ficou postado atrás de Dorotea em longo silêncio. Ela não se moveu. Ele aproximou-se ainda por trás e sussurrou-lhe: – Você é uma bela mulher. Faz o meu tipo.

Dorotea começou a transpirar de medo; o sangue lhe fugiu; as pernas tremiam, ela que havia passado pelo pesadelo de um estupro. Teve ímpeto de sair correndo, mas as pernas não lhe obedeceram.

– Pode ir, por hoje está liberada – disse o comissário com voz autoritária.

Dorotea saiu cambaleando, a ponto de desmaiar.

Para não ficar reclusa no apartamento, ela resolveu, numa bela manhã de sol, sair para desanuviar um pouco. Pegou um ônibus e desceu no centro de La Paz; sentou-se em um banco de praça para ler o livro, que trouxera consigo, ao ar livre e tomar sol. O médico lhe havia aconselhado a tomar sol cedo pela manhã. Ao cabo de meia hora, quando levantou os olhos viu, ao longe, um homem que caminhava apressado no sentido oposto de onde ela se encontrava. Era Victor! Sim, era ele! Ela levantou-se, colocando o livro na bolsa às pressas e saiu correndo na direção dele, esbarrando em alguns transeuntes; atravessou a rua desviando-se dos carros e ônibus até atingir a calçada do outro lado. Corria tentando desviar-se das pessoas que vinham em sentido contrário. Estava cansada, ofegante. Não queria chamá-lo pelo nome para não atrair a atenção. De repente, o homem entrou numa igreja ainda no perímetro da praça. Ela entrou atrás, tocou-lhe levemente o braço, chamando-o pelo nome. O homem virou-se e ela viu, para seu espanto, que o homem tinha o rosto do comissário de polícia. Seria ele realmente? Ela empalideceu. Não disse palavra. Virou-se e saiu correndo da igreja, ainda atordoada. Correu ainda na direção de onde veio. Vira o dragão ou seria alguém parecido com ele? Não atinava em nada. Na primeira parada de ônibus, ela tomou o que acabara de parar, lívida profunda, a ponto de desmaiar, a respiração lhe faltava e o coração parecia que ia sair-lhe pela boca, sentia o suor escorrer-lhe pelo corpo pequeno e febril. Quando chegou em casa, foi diretamente para o quarto; sentou-se na cama e chorou. Doravante ela começou a ver o marido em toda parte. Os sogros, a cada narrativa da moça, se entreolhavam.

O pai de Victor, uma noite já recolhido à alcova com a esposa, disse, com alguma dificuldade na fala, quase sussurrando:

– Você não acha que Dorotea parece estar perdendo a razão?

– Eu temia isso – retorquiu a mulher depois de algum tempo de reflexão. Creio que sim. Se isso vier a acontecer, teremos duas perdas. Não sabemos onde nosso filho se encontra e teremos uma nora com o espírito dando mostra de perturbação.

Dorotea só vinha piorando. Toda vez que saía, vislumbrava ao longe o marido e corria em seu encalço, para viver, logo em seguida, mais uma decepção. Os homens confundidos olhavam para ela com perplexidade e percebiam que sua face era pálida e seu olhar, insano, os olhos movimentando-se sempre da direita para a esquerda, como se estivesse possuída. Quando ela se retirava agora sem mesmo pedir desculpas, seu andar era meneando.

Havia no apartamento uma atmosfera pesada. A tristeza contagiava a todos. Os pais de Victor davam sinais de cansaço mais do que normal para a idade. O pai, de súbito, apareceu com uma enfermidade maligna. Fez exames e não havia mais nada a fazer. A pele ficou macilenta e de cor esverdeada; foi minguando; ele que era um homem de estatura alta foi diminuindo de tamanho sensivelmente. Sentia muitas dores que só cediam quando tomava morfina. O espectro encapuzado aproximava-se. Passou a ficar sempre no quarto, mesmo para se alimentar, o que fazia só por insistência da mulher e mesmo assim ingerindo uma porção mínima. Na noite do Domingo da Ressurreição ele faleceu. Não sentiu dores, por causa da morfina. Parou de respirar aquele homem de pele esverdeada e emaciada, do tamanho de uma criança, sem ter se despedido de seu único filho. Ele deixou este mundo sem saber o que de fato ocorrera ao filho, se este estaria vivo ou morto, que fim levara. Dorotea no início não compreendeu o que se passava, mas depois desabou num choro convulso, após dar várias gargalhadas. Dorotea desaparecia para dar lugar a La Loca. Durante a missa de sétimo dia, ela chegou a divisar o marido numa presença discreta na igreja, mas, logo que percebeu ter sido reconhecido, saiu às pressas, não dando à mulher tempo para alcançá-lo. Mais um insucesso no reencontro, pensava ela com desesperança.

A sogra ingressou rapidamente na decrepitude e logo internada em um asilo para idosos. Dorotea ficara só até que recebeu a visita dos vizinhos.

3

Os vizinhos peruanos dos pais de Victor, vendo o martírio da jovem, fizeram-lhe uma visita, tarde da noite e propuseram retirar Dorotea clandestinamente para um lugar seguro (ela assustou-se muito com o bater na porta naquela hora da noite; pensou que poderiam ser "eles"). Ela aquiesceu, pois ali ela corria riscos. Combinaram com ela de esperá-los, na saída da primeira missa celebrada na catedral, que iniciava às 5 horas, no próximo domingo. Precisavam partir cedo, pois o refúgio ficava longe. Haveria muitas pessoas, e era um lugar, em princípio, insuspeito. Como eram vizinhos, pareceria como sendo uma carona de volta para casa. O destino era o Altiplano boliviano, na parte ocidental do país situada na Cordilheira dos Andes Centrais. É onde os Andes se alargam constituindo uma meseta elevada, a mais de três mil metros. A viagem foi longa e penosa por estradas de terra muitas vezes estreitas e sinuosas. Ao se aproximarem, já vislumbraram nos longes os cumes de terra amarronzada. O carro parou em frente de uma edificação toda branca, cercada por um muro alto, como se fosse uma ilha em um mar onde não mais havia água. Os três desceram do carro, o homem tocou um sino que ficava no pórtico amplo e maciço. Um padre – era o prior – veio ver quem era, através de uma pequena janela. O homem foi logo reconhecido. O padre abriu o pórtico e lhes deu as boas vindas, conduzindo-os para um cômodo do convento, uma espécie de parlatório. Ofereceu-lhes água e perguntou-lhes se estavam com fome. Disseram que não, mas aceitaram a água. Ali era um convento de jesuítas bascos. O homem então explicou o motivo da viagem inesperada:

– Padre, pediria aos senhores de hospedar por algum tempo essa jovem senhora que é esposa de um jornalista que está sendo buscado pela polícia política. Ela não é militante, nasceu no Brasil e veio para La Paz acompanhando o marido. Tomei a liberdade de trazê-la para cá, porque, como católicos que somos, sabemos que a tradicional hospitalidade cristã não haveria de lhe faltar, como não faltou aos primeiros apóstolos que difundiam por vários países a mensagem do Cristo. Ela não é missionária, mas é católica e, como Pedro e Paulo, está sendo perseguida. Ela pode contar com a sua hospitalidade?

– Obviamente, meus irmãos. Isto aqui é um santuário e espero que eles não ousem nada, nem o profanem. Aqui ela estará sob a proteção da Igreja, como nos tempos antigos. Ela pode ficar o tempo necessário. Vou providenciar um cômodo para ela, e um para vocês pernoitarem. Quando pretendem retornar?

– Amanhã cedinho, padre.

Na alva, o casal partiu, deixando Dorotea no Altiplano.

A região era desértica, a terra geralmente ocre, mas às vezes cinzenta; uma vastidão de areia cinza-amarronzada. Havia lagunas de água verde no meio da Cordilheira. As gramíneas brotavam nos lagos e nas suas margens e havia uma multidão de flamingos. Aqui e ali, montículos de gramíneas na vastidão do deserto; viam-se muitos dentes-de-leão e as encostas das elevações eram verde e amarelo do enxofre. À noite a temperatura caía muito, chegando a sete graus negativos. Vez por outra, a ventania batia forte.

Aos poucos Dorotea foi-se acostumando ao novo cenário e ao novo modo de vida. Na cozinha do convento só havia índias da etnia Aimara. Aprendera com elas muitas palavras e algumas canções. Elas tinham por hábito realizarem as tarefas cantando canções em sua língua materna. Às vezes Dorotea saía com várias delas para irem a algumas aldeias mais próximas, distantes algumas léguas. As casas eram todas de adobe nessas aldeias da desolação. Viam águias, vicuñas, nandus – um tipo de avestruz americana; nas gramíneas amareladas, llamas pastavam, assim como vicuñas, espécie de llamas menos felpudas. Quando retornavam, o sol já deixando o Altiplano, o céu tinha uma coloração de cobalto com manchas róseas, por trás das colinas amarronzadas; os flamingos no crepúsculo eram como silhuetas na contraluz, sombras entrecortadas à beira dos lagos.

Transcorridos mais de seis meses, Dorotea já estava acostumada à faina da cozinha do convento e à solidão do Altiplano. Os únicos contatos fora daqueles altos muros brancos eram com os indígenas que vinham frequentemente trazer carne de porco e de cordeiro. Os padres fabricavam presunto, salames e chouriço. Faziam eles mesmos, não deixavam a cargo das índias. Os padres utilizavam o mesmo método usado na Espanha; os presuntos eram cobertos de sal grosso e em seguida pendurados em um compartimento próprio para isso durante muito tempo até chegarem ao ponto em que ficavam plenamente curados.

Dorotea, quando saía, era para visitar alguns conhecidos de alguma companheira de trabalho que moravam em aldeias distantes e isoladas. Muitas vezes cruzava com mulheres índias tocando uma pequena manada de llamas enquanto teciam em seus teares manuais as lãs coloridas. Ou então fazia alguma exploração pelas lonjuras daquele fim de mundo, ocasião em que ficou conhecendo *el árbol de piedra*, uma formação rochosa esculpida pelo vento, o que lhe deu uma aparência de árvore de arenito num cenário de pequenas rochas ferruginosas no meio do areal. Ia igualmente com as companheiras do convento rezar em um pequeno oratório de pedra, com uma cruz em cima do nicho, feito pelos índios. Num desses passeios, deu com um mastro em que estava pendurada uma águia morta, assim como algumas garrafas vazias, na beira do arremedo de uma estrada. As índias que a acompanhavam, desviaram às pressas, evitando olhar para aquilo que acreditavam ser bruxaria. Com os indígenas aprendeu a mascar folha de coca misturada na boca com *lejía* – almágama de batata doce e cinza. Ficava com a boca dormente e uma sensação de bem-estar naquela altura de mais de três mil metros do nível do mar. Aprendeu também, na cozinha do convento, a preparar *ruestro de cordero*, e a desidratar batatas que ficavam bom período enfiadas no gelo antes de terem todo o líquido retirado, a fim de serem conservadas por muito tempo. Em geral eram, depois de reidratadas, preparadas com ovos e queijo de llama. As índias cozinhavam sempre cantando canções aimaras, muitas delas infantis:

Achachi kunturi thuqhuski
Allqhamirilla tukarurallani
Agil mallkulla pumpiru
Achakullana markallparu
Mamanilla k'apustatay[1]

Dorotea, como tinha bom ouvido, aprendeu algumas cantigas aimaras, imitando até o som produzido quando se estala a língua no palato, usual nesse idioma. O que Dorotea não suspeitava é que o aimara era falado por grande parte dos habitantes da Cordilheira. Ainda hoje, no Peru, indígenas dos dois lados, tanto da floresta amazônica quanto dos Andes encontram-se anualmente para realizarem o festival do gelo. Com belas roupas coloridas, os das

1 Essa canção tem por título *El achachi condori*, ou seja, *O velho Condor*: *O velho condor dançando/o abutre está tocando alegremente/a águia é bombeiro/no povoado dos ratos/o falcão sopra um instrumento.*

montanhas com enfeites de llamas e os da floresta com cocares, vão como se fosse uma procissão até o alto da Cordilheira e, sobre o gelo, refletem sobre o sentido da vida.

Na montanha, tem-se a impressão de que se está mais próximo de Deus. Quando se vê as montanhas geladas, ou o relevo, os lagos emoldurados por gramíneas e plantas rasteiras no sopé das elevações despidas de vegetação, percebe-se a grandiosidade da Cordilheira que se estende por sete mil e quinhentos metros desde as costas do Caribe até o Estreito de Magalhães. O homem também se sente pequenino. Nos vales dos Andes, rios correm como se fossem tênues filetes d'água tal a grandiosidade do entorno. Não é por acaso que os indígenas da região para lá se dirigem para conversarem sobre o sentido da vida. É a isso que a Cordilheira nos incita: perscrutar o sentido da existência. Há uma mescla de sentimentos que vai do encantamento ao medo; a Cordilheira não é uma barreira, um muro, mas degraus de ascensão. A irregularidade daquele maciço nos evoca uma paisagem singular: forte, grandiosa e nos lembra nossa impotência diante da natureza pujante. É como se a Cordilheira não tivesse começo nem fim; ela é infinita, como o universo. O sentido da vida na Cordilheira seria apenas o privilégio da contemplação. É quando o homem inveja o condor: ele tem a visão a partir das alturas; a ele é dado ver as ondulações de rochas como se fossem ondas petrificadas. Com os seus cimos nevados ou despidos, seus profundos vales, a Cordilheira, como a vida, deve ter um sentido. É isso que eles se perguntam, os indígenas, eles que muitas vezes gostariam de se transformar em condor. Não há solidão do homem diante da Cordilheira; a Cordilheira a tudo envolve, a tudo absorve em seu silêncio de pedra.

A índia mais velha cozinhava batata doce para preparar a *lejía*. Depois, dirigindo-se a Dorotea, perguntou:

– Você já falou com um morto?

– Não, mas há quem fale – respondeu a moça.

– Domingo, após a missa, iremos conversar com uma morta.

– Vamos ao cemitério?

– Não, iremos a casa onde ela ainda mora.

Domingo após a missa, foram as duas visitar a morta, em um povoado no meio da solidão. Caminharam algumas léguas no meio do Altiplano.

– Bom dia, Abuelita!

– Bom dia, *chicas*!

– Esta é Dorotea, companheira de trabalho no convento.

– Seja bem-vinda, filha. Eu já não estou no mundo dos vivos. Oficialmente, estou morta.

– Então, eu também estou – contestou Dorotea –, porque estou falando com a senhora.

– Será? – a velha duvidou.

– Como é então estar do outro lado da vida?

– Ah, minha filha, é a mesma coisa. O importante quando se está na Terra é viver-se bem. Deve-se aprender com os mais velhos para poder retomar o caminho quando dele se sai. Os anciãos são como os livros para os brancos, em que se guarda a fonte do saber, as histórias e costumes de nossos povos. Quando dizemos *Sumak Kawsay*, *Suma Qamaña*, queremos dizer que a história dos povos é como se fosse uma roda em movimento. O passado vem na frente, com a experiência e o conhecimento que foi se guardando. O passado, minha filha, vem na frente, com o que se foi guardando, e o futuro vem depois. Nós, aimaras, damos a nossa *apjhata*, a nossa contribuição, que são os ensinamentos sobre o bem viver. Aqui na Cordilheira tudo tem vida e temos que saber lidar com as energias tanto material quanto espiritual da vida. Devemos saber harmonizar as energias do sol e da lua, as energias da claridade com as da escuridão da noite. Os vários mundos, minha filha, devem existir em harmonia, isso é o que se chama bem-estar.

– Abuela, e o que é esse bem-estar? – indagou a índia.

– Nos tempos antigos, nos longes no tempo, os aimaras da Bolívia queriam ser *qamiris*, isso quer dizer "pessoas que vivem bem": que as pessoas da comunidade devem se preocupar com os outros; viver simplesmente; viver de acordo com a natureza; não destruir o lugar onde vivemos. Viver bem é saber conversar com todos para que se chegue a um acordo, para que não haja brigas; saber respeitar a maneira de ser da outra pessoa. Nesse planeta, minhas filhas, uns dependem dos outros, mesmo morando distante. Esse respeito significa que devemos continuar com nossa maneira de ser e de viver, o que eles chamam de "identidade". O universo todo deve ser respeitado. Comer os alimentos da estação, realizar as nossas festas comunitárias durante a semeadura e a colheita, dançar, como fazemos durante a *Pachamama*, porque não devemos esquecer que o trabalho é uma festa. Devemos continuar com nossas almas, minhas filhas. É isso que eles chamam de "identidade" também. Nosso povo deve se sentir uma grande família. E respeitar as mulheres, porque nós mulheres somos as representantes da *Madre Tierra*. Nós damos frutos e cuidamos dos frutos. O nosso sonho, o sonho dos povos dos Andes, está no passado e não no futuro. O tempo para nós deve voltar, por isso eu disse que o tempo é uma roda. Nossa felicidade ficou no passado, compreendem?

A Abuela já estava ofegante, dando sinais de cansaço, embora estivesse deitada em um catre estreito encostado na parede de adobe. Ela ofereceu uma infusão feita com ervas, e a índia visitante serviu as três. No final, as duas levantaram-se dos tamboretes colocados próximos do catre, alisaram ternamente os ralos cabelos brancos da Abuela, passaram suavemente a mão em seu rosto e se despediram prometendo voltar.

– *Adiós*, Abuelita.

– *Que se queden bien!*

– *Adiós, hijas! No se olvidem de Pachamama!*

4

Pachamama é a divindade Mãe-Terra. Não é uma deusa que haja criado alguma coisa, mas é protetora e provedora. A Terra é o todo: o solo, as águas, a natureza, os vegetais, minerais, e tudo quanto exista. É a ela que recorrem quando se trata de pedir alguma benesse ou perdão por algum erro. A deidade é um ser vivo. Pachamama é a divindade mais presente para os indígenas. Ela é também a deusa da fertilidade. Em troca de suas intervenções no mundo da comunidade, ela recebe oferendas: os pastores e agricultores lhe oferecem dádivas, até porque Pachamama tem frequentemente fome e portanto deve ser alimentada; tampouco não se lhe pode faltar com respeito, senão virão as enfermidades. As celebrações em homenagem à Mãe-Terra começam em primeiro de agosto e podem se estender ao longo do mês. São oferecidas em holocausto llamas, conchas marinhas, folhas de coca e – a maior de todas as oferendas – feto de llama, que haverá de tornar a terra fértil e a colheita copiosa.

La Abuela é quem preside a cerimônia, ela é a *yatiri*, a sacerdotisa, por ser anciã e possuir autoridade moral. Ela realiza a liturgia para atrair boa sorte e a boa vontade da deusa. Por isso, é a Abuela quem recebe a *challa* ou *pago*. À noite, nos casebres as famílias cozinham a *tijtincha*, uma comida especial. No dia seguinte, a comunidade se reúne em um lugar mais alto do povoado para dar de comer e beber à Terra. Homens e mulheres se revezam para cavarem um buraco, que chamam de *la boca*, como se fosse a boca da Terra; em seguida acendem charutos de marijuana e os colocam em torno do orifício, com o intuito de servir de incenso a fim de afastar os maus espíritos e purificar aquele local. Entornam água no centro de *la boca* e, um de cada vez, ajoelhados, derramam cereais, folhas de coca e *chicha*, que é uma espécie de cerveja de milho. Finalmente, eles derramam no orifício purê de milho e cada um coloca um pouco de terra para fechar o buraco, ao som de uma prece. Os homens começam, então, a tocar música em volta da *boca* e todos cantam para celebrar Pachamama. Esse ritual é um agradecimento pelas oferendas que a deusa concedeu à comunidade e, ao mesmo tempo, um ritual propiciatório para que o próximo ano seja benfazejo e que não haja terremotos. Durante a cerimônia, os indígenas derramam no solo algumas gotas de *chicha* para a Mãe-Terra, antes de beber.

Dorotea assistiu a todo o ritual contrita enquanto ia recebendo informações sobre o significado de cada ato dado pela companheira de cozinha. Religião e respeito à natureza se misturavam, e isso a deixou maravilhada. Dormiram nessa noite no casebre da Abuela e no dia seguinte rumaram para o convento. Ela sentiu uma grande transformação interior. Mas uma constatação surgiu em seu espírito: "O povo aimara é um povo triste. Deve ter se sentido, durante todo esse tempo, oprimido pelos conquistadores, humilhado, roubado em sua identidade e cultura. Daí sua tristeza".

Os aimaras ainda cultuam Amaru e Mallku, divindades antigas, mas nada consegue mitigar seu sentimento de abandono.

Com efeito, havia melancolia atávica na expressão, no olhar e nas cantigas daquele povo andino, embora o ritmo fosse alegre.

No retorno para o convento, a índia começou a cantar:

munasqetay
tuta punchay maskakunay
tarispa suscucunay warmisitay
munasqetay
tuta punchay maskakunay
tarispa suscucunay warmisitay
qanraykullay ña karin viday
sonqo kullay sipasitay
qanraykullay ña karin viday
sonqo kullay sipasitay [2]

---

2 *meu bom amor/minha querida de amor minha verdade/minha crença razão de viver/minha chuva de abril/meu bom amor/minha querida de amor minha verdade/minha crença razão de viver/minha chuva de abril/graças a ti meu triste viver/pôde tornar-se um jardim/graças a ti meu triste viver/pôde tornar-se um jardim.*

Nos longes, viam-se índias conduzindo seus rebanhos de llamas e de vicuñas, e iam tecendo em seus teares manuais, caminhavam tecendo os fios de lã, e tecendo sempre iam assim pela vida naquela meseta de terra ferruginosa ou esverdeada pelo enxofre, gramíneas verdes ou amarelas, dentes-de-leão, lagoas com flamingos e a imensidão do céu penetrado pelos cumes mais altos da Cordilheira.

5

Dorotea com frequência recordava-se do tempo em que conhecera Victor. Ela morava em um internato em Botafogo e trabalhava como atendente em uma clínica médica durante a tarde e estudava enfermagem pela manhã. Nos fins de semana, quando não ia à praia, costumava frequentar com algumas amigas o clube Botafogo de Futebol e Regatas. Foi aí que conheceu Victor. Ele era alto e, embora magro, com os músculos bem divididos. Tinha os olhos esverdeados e a pele clara, o que demonstrava sua origem marcadamente espanhola. Praticava regata. Ela se entretinha o vendo no esquife remando cadenciadamente, ora sozinho, ora com um companheiro.

Quando eles enfim se aproximaram, por iniciativa dele, ela apreciava o sotaque espanholado, e falava rápido. Era extrovertido. Depois de alguns contatos no clube, ele lhe disse que era jornalista, correspondente de jornais da Bolívia e do México. Havia, inclusive, publicado um livro-reportagem sobre a situação política em seu país de origem e outro que enfeixava reportagens investigativas ou de atmosfera. Seu texto era límpido, conciso, claro, virtudes de um jornalista, embora jovem, mas já experiente. Ao longo da convivência dos dois, ele nunca havia se referido a sua militância política. Para ela, tratava-se de uma pessoa idealista, amante da liberdade, praticante de esporte e com muita alegria de viver.

Dorotea era uma mulher de rosto regular, pernas e coxas grossas, belo sorriso, os olhos, no entanto, eram miúdos porém atentos. Dizia com orgulho que a achavam parecida com a atriz mexicana Sarita Montiel. Era entoada e tinha uma voz suave e um repertório que compreendia muitas canções de Bienvenido Gandra, Lucho Gatica, Agustin Lara e Pedro Vargas, entre outros. Cantava fados e tangos igualmente. Ele ficava maravilhado quando a ouvia cantar. Quando iam a recepções menos formais em casa de amigos, pedia para que ela cantasse. Sentia-se orgulhoso dela.

Victor costumava receber amigos bolivianos geralmente aos domingos em seu apartamento na Rua do Catete. Almoçavam e depois faziam uma reunião entre eles para discutirem a situação em seu país, análise de conjuntura, como diziam. Dorotea era quase sempre convidada. Victor fazia questão de cozinhar. Fazia bifes em tiras, batatas cozidas e espigas de milho igualmente cozidas. Dizia que era para matar saudade do trivial dos bolivianos. Tomavam cerveja e ouviam música dos Andes. A música dos aimaras e dos quechuas tem melodias alegres. Vez por outra apareciam alguns jornalistas brasileiros. Os dois também saiam para fazer trilha na Floresta da Tijuca ou então tomar banho de mar. Victor era encantado com a paisagem do Rio de Janeiro e informou que na Bolívia, à beira do Lago Titicaca havia também uma cidade e uma baía chamadas Copacabana e uma basílica de Nossa Senhora.

La Virgen de Copacabana, talhada em 1583, "rainha da nação", reinando desde então igualmente num belo cenário, aquele da Cordilheira, em sua imensidão de terra e de água lacustre; de cumes e vales, escarpas íngremes, agulhas pontiagudas e geleiras. Algo que se aproximava do céu.

Ela se lembrava de uma bebedeira que ele tomou em um bar do Posto 6. Ela o levou para casa, tirou-lhe a roupa de banho e deu-lhe um banho de chuveiro, segurando-o para que não caísse. Depois o colocou para dormir. Quando ele acordou, ela já dormia a seu lado. Victor levantou-se silenciosamente para não acordá-la, foi até a cozinha, tomou uma aspirina e retornou para a cama, com ânsia de vômito. Sentiu que era amado e a amava igualmente. Nenhuma mulher, a não ser sua mãe quando ele era criança, lhe dera banho e lhe vestira o pijama. Dorotea era como se fosse seu anjo da guarda. Ao deitar, ele lhe deu um beijo no rosto (ela estava de bruço), passou lentamente a mão em seus cabelos castanhos e adormeceu com um agradável sentimento de carinho por aquela mulher dormindo a seu lado.

Ao acordar de manhã cedo, ela preparou o desjejum para ambos. Quando ele veio de pijama e cabelo em desalinho, ainda bocejando, ela sorriu e indicou-lhe a cadeira. Havia feito café, torradas; colocara leite, manteiga e geleia.

– É bom que você se alimente bem, é bom para curar ressaca – sugeriu Dorotea, ainda arrumando a mesa. Ele bocejava e seus movimentos eram lentos.

– Obrigado, meu amor – ele disse num tom enternecido.

Às vezes, ambos ficavam na cozinha, à noite, tomando vinho e comendo pedaços de queijo parmesão cortado ao longo da conversa. Ficavam animados e faziam recordações cada um de sua vida, ele referia-se a fatos passados na Bolívia e ela se lembrava da adolescência. Passada a euforia, vinha-lhe a depressão típica provocada pelo álcool e seu semblante ficava sombrio, o olhar vago. Ela dizia que trazia dentro de si um choro, mas que desconhecia a causa. Victor ficava consternado, mas não queria ingressar no universo de sombras e sofrimento da companheira. Queria se manter distante de seus fantasmas do passado. Respirava fundo como quem se solidariza e convidava-a a irem dormir. No dia seguinte, tudo retornava ao normal.

Victor tinha em casa um teletipo, já que ele enviava as matérias de seu próprio apartamento, onde de um quarto ele transformara em escritório. As imagens, ele as enviava do belinógrafo do *Jornal do Brasil*. Dorotea saiu cedo para a faculdade e Victor ainda ficou no apartamento, após o desjejum, lendo os jornais do dia. Só tinha um encontro marcado para o final da manhã, uma entrevista com uma personalidade política brasileira. O Partido Comunista havia sido colocado na ilegalidade pelo Governo Dutra, e a militância agora era clandestina. Ele iria se entrevistar com Luís Carlos Prestes, Secretário-Geral do Partido, que havia sido senador na Assembléia Constituinte de 1946. Haviam, portanto, marcado um encontro em um local incógnito; ele seria conduzido de sucessivos locais por militantes, até chegar onde estaria Prestes à sua espera. Victor foi primeiro para um bar como determinara o contato. Pediu um chope e ficou lendo um jornal, observando cada pessoa que entrava. Como música de fundo, ouvia-se *Ave Maria no Morro*, na voz de Dalva de Oliveira. Toda cautela era recomendável. A democracia era frágil. Estava viva na lembrança a prática de tortura levada a efeito pela polícia política de Getúlio Vargas, durante o Estado Novo. Victor ouvira falar de um alemão que desertara de um navio da marinha mercante, nesse período, com medo da guerra na Europa. Ele passara várias noites amarrado em uma cadeira, com um holofote direcionado para seu rosto e um pingo d'água intermitente caindo-lhe no meio da cabeça. Ele insistia em pedir asilo político, mas os biltres estadonovistas acreditavam ser um espião. Era a época em que o governo de Getúlio prendia indistintamente fascistas e comunistas. O Rio era o centro cultural do Brasil. Ali viviam muitos escritores de renome, publicavam-se os principais periódicos do país, era a sede do governo federal. A vida era pacata e charmosa. A Lapa era lugar de boemia. A cidade foi construída entre os morros e a praia, um lugar privilegiado de verde e azul. Os restaurantes de portugueses ofereciam comida boa e barata. Os artistas da Rádio

Nacional faziam sucesso e a produção de radioteatro e música era intensa. Chateaubriand, dono de uma grande rede de radiodifusão e periódicos, logo traria para o Brasil a última novidade em comunicação: a televisão, cujos programas eram feitos ao vivo. O teatro-rebolado revelava beldades que se tornavam famosas e cobiçadas. Os morros e praias, o Jardim Botânico, os edifícios *art nouveau*, neoclássicos ou ecléticos, a arquitetura importada da Europa – tudo combinado com a natureza generosa fazia da cidade um lugar de deleite.

Logo chegou o contato de Victor. Um senhor de terno branco e gravata preta. Sentou-se na mesa, pediu um chope e disse-lhe que, ao terminar a bebida, poderiam ir. Seguiram de carro, margeando a praia, depois subiram ladeiras íngremes até chegarem a um local ermo. Prestes estava lá acompanhado de mais três pessoas. Cumprimentaram-se formalmente e foram direto ao assunto. Prestes começou fazendo uma análise da conjuntura mundial e depois brasileira. Pelo visto, parecia que a revolução seria para daí a alguns dias, essa foi a impressão que ficou em Victor.

Depois da entrevista, o rapaz foi levado de volta pelo mesmo motorista.

E as recordações de Dorotea, boas ou más, vinham à tona. Quando o pai se separara de sua mãe, com quem mantinha uma união estável, ele se casara e a madrasta, uma mulher ainda jovem, bela, pele rosada e pernas esculpidas, dir-se-ia por um artista exigente, bonitos cabelos cacheados, era compreensiva e tolerante. Tentava por todos os meios que ela fosse uma moça instruída; comprava-lhe livros, como os *Três Mosqueteiros de Pau*, *Reinações de Narizinho*, e muitos outros. Inscreveu-a em um curso de piano e propiciou-lhe uma educação requintada. Dorotea lia muito e as freiras do Sacré Coeur estimavam aquela jovenzinha que conhecia muitos autores brasileiros, portugueses e franceses. Defendia-se bem na língua de Flaubert e logo, logo, foi mandada para a Inglaterra onde ficaria dois anos aprendendo inglês. Quando voltou ao Brasil, matriculou-se no Curso de Ana Néri. Nesse ínterim, a madrasta faleceu, o pai começou a beber e os negócios foram de água a baixo. Começou a decadência da família e ela teve que se lançar no mundo e enfrentar todos os perigos dos quais, até então, estava ou sentia-se protegida. O pai viera a falecer e sua empresa de importação e exportação ficara com os sócios à frente da administração; suas cotas foram minguando, minguando, e ela não entendia as explicações que lhe davam. Filha única, sem ter com quem se aconselhar, soube pouco tempo depois que a empresa entrara em concordata. Pediram-lhe para assinar um documento sob a escusa de que isso a isentaria de qualquer responsabilidade quanto às dívidas da empresa, de qualquer responsabilidade solidária ou subsidiária. Ela assim o fez. Sem fonte de renda, logo começou a procurar trabalho. Nesse período foi quando conheceu Victor. Tinha agora alguém com quem dividir suas inquietudes e também quem lhe proporcionaria momentos agradáveis, de suave companheirismo. Achava que começava a gostar daquele rapaz alto, de forte sotaque, amável. Ela sentia encontrar nele a proteção que lhe aliviava em parte suas angústias.

O prefeito Passos realizara grande reforma urbana no Rio de Janeiro tempos atrás. A cidade ganhava ares de grande metrópole. Gostava de caminhar nas calçadas de Copacabana, feitas com pedras portuguesas com os mesmos desenhos que se encontravam em Lisboa.

– Copacabana está na Bolívia – disse-lhe sorrindo Victor durante um passeio pelo bairro. – Esta aqui deveria se chamar de Copabacana!

Aquilo era um elogio e Dorotea tomava como tal, ela que gostava muito de sua cidade. "Copacabana, princesinha do mar", composição de Braguinha e Alberto Ribeiro, lançada em 1947 e cantada na voz aveludada de Dick Farney, Victor costumava trautear essa canção – com aquele sotaque espanholado. Dorotea ria, olhando para o namorado, um riso de admiração, e aí descobriu que é gostoso rir junto com a pessoa amada. Ela, que era entoada, cantava quase sussurrando, toda lânguida, olhando para o rapaz, com voz afinada:

Existem praias tão lindas, cheias de luz,
Nenhuma tem o encanto que tu possuis,
Tuas areias, teu céu tão lindo,
Tuas sereias, sempre sorrindo,

Copacabana, princesinha do mar,
Pelas manhãs tu és a vida a cantar,
E a tardinha o sol poente,
Deixa sempre uma saudade,
Na gente
Copacabana, o mar eterno cantor,
Ao te beijar, ficou perdido de amor,
E hoje vive a murmurar, só a ti,
Copacabana eu hei de amar

Existem praias tão lindas, cheias de luz,
Nenhuma tem o encanto que tu possuis,
Tuas areias, teu céu tão lindo,
Tuas sereias, sempre sorrindo,
Copacabana, princesinha do mar,
Pelas manhãs tu és a vida a cantar,
E a tardinha o sol poente
Deixa sempre uma saudade,
Na gente

Copacabana, o mar eterno cantor
Ao te beijar ficou perdido de amor,
E hoje vive a murmurar, só a ti,
Copacabana eu hei de amar

Existem praias tão lindas, cheias de luz...

Ambos sentiam grande alegria em tomar o bonde de Santa Teresa. Desciam no Curvelo e passeavam de mãos dadas. O escritor João do Rio, que apreciava se impregnar da alma da cidade e de seus logradouros, escreveu: "Em geral, procura-se o mistério da montanha para esconder um passeio mais ou menos amoroso". A nuança do mais ou menos já inexistia nos corações daquele jovem casal. Havia em Santa Teresa a Rua do Amor, na Freguesia de São José. Aqueles jovens gostavam de sair a deambular pela maravilhosa cidade. Rua do Sacramento, onde a viração batia levemente nos rostos, e o frescor trazia consigo o sentimento de uma doce alegria, contrastando com as casas antigas e algo arruinadas que ficavam defronte da vetusta igreja. Iam às vezes sábado à tarde ou domingo ao Largo do Passo. Era como se revissem em uma tela de cinema as procissões do Senhor dos Passos, do Enterro e do Triunfo, horrivelmente barrocos, embora não fossem nem um nem outro adeptos de alguma religião nem cultores da morte, mas da vida em sua plenitude, jovens que eram ambos descobrindo o que a juventude lhes propriciava e estava ainda a propiciar. Pelo contraste entre o triste e o alegre, o já inexistente e o que haveria de advir, sentiam-se encantados pelo que a vida provavelmente lhes reservaria em termos de uma felicidade possível, pequena que fosse, mas que seria sorvida até a última gota.

O culto barroco da morte é tétrico e Dorotea lembrava-se do medo de que era possuída ao ver as imagens cobertas pelo pano roxo. Aquilo lhe dava profunda tristeza. Ela ainda criança chorava com a visão do Senhor morto. Agora, já adulta, não lhe vinham lágrimas, mas um estranho sentimento lhe assaltava. Aquele era um mundo triste a contrastar com o maxixe, o samba e as marchinhas de carnaval. Acreditava ser sempre melhor pensar na vida do que na morte, mesmo na crença de haver ressurreição. Desejava agora sentir a alegria de viver ao lado de Victor, amá-lo, sentir-se protegida; aprender a preparar alguns pratos que sabia que ele gostava. Ela com Victor chegavam muito perto da plenitude. A Procissão do Senhor Morto seria apenas um memorial com a vestimenta solene que o passar do tempo havia confeccionado e um apelo emotivo longa e sutilmente trabalhado. A mão também manipula a alma, disso ela só tinha um leve pressentimento. Victor, quando ia a uma roda de samba, levava frequentemente uma garrafa de pisco e a compartilhava com os companheiros. Dorotea ao ouvir pela primeira vez a marchinha "Lourinha", cantada por Braguinha, que também era o autor, resolveu oxigenar os cabelos, embora tivesse uma pele parda. Ficou diferente, porém bonita assim mesmo. O rapaz quando a viu "loira", apenas sorriu. Ela perguntou-lhe por que havia sorrido, se por acaso não estava gostando de sua nova cor de cabelo. Gentilmente ele se apressou em responder que ela era bonita de qualquer jeito e que naquela noite ele iria fazer amor com "uma nova mulher, uma loura". E sorriu com certo laivo de malícia.

Quando foram uma vez visitar a Igreja da Penha, subiram os degraus mais celeremente dos que os imbuídos de fervor religioso, eles só movidos pela alegria da juventude e pelos risos a qualquer pretexto. Lá de cima divisaram a cidade cá embaixo, construída na fímbria entre as montanhas e o mar. Esplêndida aquela visão de azul e verde e de infinito que nem a linha do horizonte era capaz de mitigar. A arte do Criador deveria ser reconhecida na beleza da criação. Não o Criador imaginado pela tradição judaico-cristã, mas o princípio harmônico e universal da poética do universo e que faz da natureza o motivo de embevecimento; de agradecimento pelo que nos é propiciado como experiência estética. Os sentidos não captam tudo, nem o grandioso nem o pequenino. Alumbramo-nos diante da Cordilheira que parece que Deus a fez para demonstrar na escala grandiosa do relevo terrestre a pequenez do homem relativamente ao incomensurável.

Nos anos 50, anos que corriam, houve um aumento na ocupação de alguns morros cariocas, e surgiu assim a comunidade do Morro do Alemão. O alemão não era alemão, mas polonês de nome Leonard Kaczmarkiewcz. Ocorre que toda pessoa no Brasil de pele e olhos claros é chamado de "alemão", não importa a nacionalidade. Do alto da igreja da Penha eles viram como que o início da substituição da mata pela alvenaria e pelos barracos feitos de madeirite. Não suspeitavam da catástrofe que viria depois às vistas e cumplicidade do poder público. Estavam muito mais preocupados com o sentimento que nutriam um pelo outro e pelo momento de felicidade que, como a brisa que soprava de leve, atingia-lhes o rosto.

Lá embaixo, em Copacabana, algumas de suas conhecidas entregavam-se à prostituição; residiam em cabeças-de-porco com pessoas desconhecidas e faziam programas à noite. Muitas eram jovens bonitas que não encontravam trabalho e, portanto, ou se prostituíam ou eram "mantidas" por alguns políticos na capital federal. Lembrava-se particularmente de uma, Janaína, baiana, que contraíra tuberculose e fenecia a olhos vistos como uma gardênia a que não lhe haviam dado água nem os nutrientes necessários, só se aproveitando de sua beleza e do perfume que exalava. Eram pensamentos que lhe vinham ao espírito como se comparasse destinos. O sentimento era ambíguo: de tristeza pelas conhecidas que enveredaram – acreditava ela – por caminhos íngremes e perigosos; e também de alegria, pois encontrara aquele com quem esperava compartilhar a vida. Além, claro, de ter um trabalho que não lhe atingisse em sua dignidade. Ela lastimava a situação daquelas algumas moças de Copacabana, Copassacana, como ela dizia para significar esse lado sombrio do bairro, atribuindo culpa ao logradouro e não às circunstâncias. "Ai de ti, Copacabana!" – como escreveria Rubem Braga, um renomado cronista residente na cidade do Rio de Janeiro. Ai de nós! – que é o espírito do famoso sermão de John Donne, clérigo inglês convicto de que quando alguém morre, os sinos dobram por todos, já que ninguém é um pedaço isolado do continente, mas parte dele. É como se disséssemos que a humanidade inteira tem a ver com a Cordilheira dos Andes, e não só os aimaras, quechuas, os padres espanhóis, Dorotea e a diversidade de plantas e animais que ali vivem.

Houvera um pequeno abalo sísmico por aqueles dias, mas assim mesmo ouviu-se o peso dos coturnos contra o piso das viaturas militares; homens com fuzis circulando pelas ruas e praças de La Paz.

À tarde daquele dia, uma camioneta com quatro homens da polícia judiciária ou o que fosse estacionou em frente ao convento dos jesuítas no Altiplano. Puxaram a sineta e um dos padres veio ver quem era.

– Boa tarde, senhor cura! – disse o que aparentemente era o chefe do grupo. – Somos agentes do governo.

– Boa tarde, senhores! Em que posso ser-lhes útil?

– Estamos à procura de uma mulher jovem, de nacionalidade brasileira. Estaria por acaso aqui?

– Não, senhores; esta dita senhora não se encontra aqui.

– Os senhores padres viram ou ouviram ou falar dessa senhora em questão?

– Não, não sabemos de nenhuma senhora.

– O senhor nos permitiria entrar, com todo respeito?

– Sim, *por supuesto. Adelante*! – E abriu-lhes o pesado portão. Os agentes entraram um por um e faziam uma leve reverência com a cabeça para o padre. – Manteremos o respeito que é devido a um local de servos de Deus, mas gostaríamos de conversar com o reitor e lhe fazer algumas observações sobre a gravidade de dar refúgio a uma fugitiva.

– A Igreja, senhores, com todo respeito, tem longa tradição em oferecer proteção aos perseguidos quando ela é buscada por aqueles que supostamente tenham cometido alguns tipos de delito, e aqui não seria diferente. Mas lhes asseguro que essa dita senhora aqui não se encontra. – Os agentes que estavam ainda no pátio interno, ao ouvirem essas palavras, ao comando do chefe que fez um pequeno sinal com a cabeça, deram meia volta e se dirigiram ao portão de saída; o padre veio logo atrás, abriu-lhes o portão e despediu-se educadamente. Disse-lhes: – Façam boa viagem de retorno e tenham cuidado com os perigos da Cordilheira; dirijam devagar. – Os agentes entraram na camioneta e saíram levantando poeira atrás de si. O padre então balbuciou para si: – Há pecadilhos que são perdoados por antecipação. Este foi mais um. – E sorriu. Naquela altura, Dorotea já havia sido levada para o claustro, numa exceção ditada pela solidariedade.

À noite, todos comeram na ceia caldo de milho e presunto "da casa", acompanhados, como sempre, por um copo de vinho.

Dessa vez ela escapou por um triz. Depois da ceia, as mulheres que fizeram a refeição na cozinha, recolheram o vasilhame para lavá-lo. Dorotea manteve-se o tempo todo em silêncio enquanto as outras mulheres cantavam uma música melancólica em aimara.

Já no quarto, sob a luz do candeeiro, Dorotea retirou de uma caixa de papelão uma carta escrita em papel pautado, desses de cadernos de estudante. Abriu-a lenta e cuidadosamente. Era uma carta que ela descobrira no bolso do blazer que Victor mais gostava, um blazer azul com botões dourados. A carta estava enfiada no bolso superior esquerdo da parte interna e não estava dentro de envelope. Como se estivesse brincando de descobrir o coelhinho de Páscoa escondido dentro de casa ou no jardim, pelos pais. Ela sempre esteve à procura de algo a fim de desvelar o inquietante mistério que lhe retirava a paz. Ela deu com aquelas folhas. Debaixo da tênue luz do candeeiro, ela começou a reler a carta do marido, como se lhe ouvisse a voz, ali a seu lado, quase sussurrando em seu ouvido.

"Sei, amor, como eu gostaria de estar a teu lado, dizendo-te pessoalmente o que agora lês; fixando em teus olhos atentos, brilhantes como estrelas em céu claro; mirando tua boca que sempre atrai o beijo. Ah, amor, não tivemos muito tempo, como bem sabes, muito embora nunca nos passou pela cabeça adiar a vida. Sempre tentamos e talvez tenhamos conseguido viver intensamente. Mas foi tão curto o período de convivência, amor, na medição de meu tempo sentimental. Onde estarás agora e onde estarei? A mim me encantaria poder dizer-te coisas que nos dizem respeito e que nunca ousei. Coisas nossas. Sei hoje que não se deve adiar a vida, a vida do tempo presente, sob pena de lamentarmos no amanhã. Ah, amor, espero que não tenhas de mim nenhum ressentimento por te haver sonegado alguma informação sobre os perigos que nos espreitavam. Não te queria inquietar, em que pese eu sempre velar para que nada de ruim viesse a te acontecer. Seria eu o crucificado, e que não restasse para ti nenhum espinho a te machucar a carne nem a alma. Nem tivemos tempo de sofrer juntos. Nem eu próprio suspeito onde me encontrarei no momento em que leres esta carta. Não saberia levantar nenhuma hipótese, até mesmo na suposição de esta carta cair em mãos indesejáveis. Perdoa-me, amor, por te fazer passar por isso. É um calvário, bem sei. Dou-me conta, amor, de que uso muitas analogias de natureza bíblica, cristã, embora saibas que não professo nenhuma religião. É ao sofrimento injusto que me refiro. Fico – e saibas da sinceridade de minhas palavras – com a consciência dolorida por, involuntariamente, ter te arrastado para uma aventura que nem você nem eu próprio sabíamos do desdobramento muito menos do desfecho. Lembro-me com ternura dos tempos passados no Rio de Janeiro, dos passeios juntos, do Alto da Boa Vista, da floresta lá embaixo onde muitas vezes namoramos dentro de meu velho carro. Ai, que saudade, amor! Mas a despeito de tudo que viveste nos últimos tempos em meu país, sei-te tão grande como a Cordilheira, embora sejas pequenina de estatura.

Tens a pujança daquela natureza indomável, a solidez das montanhas e saberás olhar longe no horizonte como se no cimo estivesses a vislumbrar nos longes a continuidade de tudo, no dorso de pedra. Lembras-te quando recebíamos no rosto a brisa fresca da manhã de sol no alto da igreja da Penha? Como o destino nos empurra para circunstâncias imprevisíveis, para sendas que não podemos evitar, para ações às quais não podemos nos eximir. A História nos guia, mas também nos abandona, muitas vezes. Só lamento, amor, de não te ter conhecido mais cedo quando me encontrava no Rio de Janeiro. Quanto tempo perdido! Como poderíamos ter aproveitado melhor! Na possibilidade de ficar longe de ti, já sinto aquela sensação de quando no alto da montanha olho para os vales longínquos com um filete d' água a descer para outros vales, na solidão da pedra fria. A dor que me atormenta tem a dimensão dos Andes, amor, confesso-te".

Neste ponto, Dorotea interrompeu a leitura. Lágrimas rolavam pelo rosto mal iluminado pelo candeeiro. Dorotea sentia um frio interior e tremia como a corda de um arco que acabara de disparar uma flecha. Deitou-se sob a grossa coberta de lã, mas mesmo assim o frio persistia. A sensação era como se desabasse de um penhasco rumo ao filete de águas geladas em pleno inverno.

A partir daí, a moça começou a ter comportamento estranho; cantarolava durante a missa, falava sozinha, ficou com o hábito de enrolar uma mecha de cabelo no dedo durante horas a fio, viver em outro mundo, enfim. Frequentemente, parecia ignorar o que as outras mulheres lhe diziam, como se fosse surda. Os padres e as índias aimaras que com ela trabalhavam mostravam sinais de preocupação. Havia um enfermeiro entre os padres, mas ele não possuía conhecimentos em psiquiatria. Uma das índias, a mais velha, propôs às outras levarem Dorotea para o xamã da tribo que morava no mesmo povoado da Abuelita. Talvez ele conseguisse trazê-la de volta para este mundo, sofrido e inóspito, mas que era o mundo dos vivos naquela Cordilheira que parecia ter sido colocada, como num *puzzle*, logo no início do planeta, nas lonjuras do fim da Terra.

Quando houve um terremoto na região, tiveram dificuldade de fazê-la sair do interior do convento e ir para o pátio. A terra uivava, gatos e cachorros saíam em disparada, e a sensação era a de se estar em um barco ao sabor de ondas revoltas. Dorotea resistia a seguir os outros; tiveram de levá-la quase carregada, à força. E o barco continuava a mover-se ora na crista das ondas, ora na depressão que logo se formava. A terra coleava e as pessoas perdiam pé. O urro foi aos poucos se apagando e as pessoas ali, já acostumadas aos sismos, foram se tranquilizando, permanecendo ainda do lado de fora como se aguardassem os tremores secundários. Dorotea apresentava o ar de quem nem percebia o que se passava, continuando a murmurar e torcer a mecha de cabelo no dedo indicador da mão direita, em seu mundo sombrio, aparentemente de quietude, sem abalos sísmicos. Como saber, se não nos é permitido aquilatar na sua devida dimensão a dor interior, o sofrimento emocional e psíquico? O sofrimento cedera lugar à ausência.

As índias fizeram-na tomar algumas infusões com ervas tranquilizantes. Ela dormiu bem naquela noite e acordou na manhã seguinte mais tarde do que o usual, aparentemente exorcizada de seus fantasmas. Tomou um banho ao levantar-se, contrariamente ao que sempre fazia, pois preferia banhar-se antes de dormir, e foi para a cozinha ter com as outras mulheres, demonstrando não se lembrar de nada do que se passara no dia anterior. Desculpou-se pelo atraso e tomou um desjejum que as índias lhe prepararam, uma infusão de folha de coca para melhorar a oxigenação naquelas alturas e uma tigela de *api*, espécie de mingau feito de milho, para lhe dar sustança.

À noite, Dorotea foi para o quarto, acendeu o candeeiro, retirou a caixa de papelão de dentro da mesinha de cabeceira, pegou a carta, abriu-a, deu uma olhadela de cima a baixo no papel e deteve-se aleatoriamente numa frase: "Eu temia, amor, que nos retirassem o direito de viver juntos por muito tempo". Ela leu e releu essa frase escolhida por acaso. Em seguida, guardou a carta e pôs a caixa de novo na gaveta da mesinha de cabeceira, apagou o candeeiro e meteu-se por baixo da coberta. Tremendo de frio, embora estivesse no verão, ficou em posição fetal e dormiu. Dormiu profundamente, como se fosse uma fuga.

No domingo, as índias convidaram Dorotea para visitar Abuelita. Uma longa caminhada, por isso saíram ao romper da aurora. Durante o trajeto, viram ao longe algumas llamas tangidas por mulheres aimaras que faziam a sua tessitura em pequenos teares.

– São lindos os camelos vistos de longe! – exclamou Dorotea. As índias se entreolharam com aspecto sério e não disseram nada.

– Meu pai me disse uma vez que neste deserto morreu um rei português – acrescentou a moça. – Um rei muito jovem; deve ser triste se morrer ainda jovem.

Dorotea tinha um meneio estranho no andar e os olhos se moviam de um lado para o outro com grande rapidez. Parecia fora de si. As índias prosseguiram em silêncio, com ar de tristeza. Ao cabo da longa caminhada, chegaram ao povoado e se dirigiram à casa de adobe de Abuelita. A índia mais velha a chamou para um canto e contou-lhe do que estava acontecendo com a moça. Abuelita disse-lhe que iria fazer uma oferenda a *Pachamama* pedindo que o espírito de Dorotea retornasse do mundo das sombras para a sua morada habitual. Serviu-lhes uma infusão de coca e depois fatias de uma espécie de bolo feito de milho de coloração violácea. Comeram avidamente, pois estavam famintas, num silêncio que se fazia sentir. Dorotea, arredia, sentara-se separada das demais e, de quando em quando, balbuciava coisas incompreensíveis.

– Precisamos encontrar o corpo do rei! – a moça exclamou abruptamente dirigindo-se a Abuelita. – A senhora que conhece bem o deserto poderá me ajudar a achar os restos do rei. – Abuelita aproximou-se da moça e disse pacientemente: – Sim, claro que vou te ajudar a achar o rei perdido no deserto. Mas antes precisamos fazer algumas oferendas ao deus Sol, para iluminar a nossa busca. Por enquanto deves descansar um pouco e mostrou-lhe uma *hamaca*. – Descansa um pouco, minha filha. Depois fazemos isso. – Dorotea deitou-se na *hamaca* e ficou com os olhos fixos no teto em silêncio profundo. Parecia fora de si. As índias saíram da casa puxadas por Abuelita, que queria saber de mais detalhes. Contaram da ida dos policiais e dos transtornos que se seguiram.

– *Pobrezita...* – disse a anciã com sincera consternação.

Enquanto as índias foram andando pela rua do povoado para outras visitas, Dorotea saiu da casa e ganhou a amplidão do Altiplano sem rumo certo; caminhou no início apressada, depois, mais lentamente, sobre a areia cor de ocre. Já bem longe do povoado, viu uma águia morta como se estivesse crucificada em uma armação de tábuas, não propriamente em forma de cruz, porém tábuas presas em forma de x em uma haste, como nas passagens de nível, só que desalinhadas; havia também algumas garrafas cheias de água presas à haste. Olhou aquilo com um leve afastar de cabeça para o lado esquerdo, apressou o passo e proferiu:

– Feitiçaria!

Só via o céu tocando o cimo de um rochedo nas lonjuras. Caiu, levantou-se e continuou a caminhada sem destino, até dar com uma lagoa rodeada de gramíneas amarelas e verdes e, aqui e ali, alguns dentes de leão, e muitos flamingos, muitos apoiados em uma perna só, outros bicando na borda da lagoa. Colocou os pés dentro d'água e sentou-se numa pedra. Ficou olhando fixamente para além da lagoa. Era quase noite quando um grupo de índios em que estava a cozinheira principal do convento a encontrou ainda sentada e olhando para o nada. Conduziram-na de volta ao povoado como se fosse uma sonâmbula; ao se depararem com a águia crucificada afastaram-se alguns metros sem olhar em direção daquela bizarra armação. Fizeram o caminho de volta num silêncio solene.

Ao chegarem ao povoado, cada um dirigiu-se para sua casa, ficando a velha cozinheira e Dorotea em casa de Abuelita. Sentaram-na à pequena e tosca mesa e serviram um copo de água sulfurosa; em seguida, um caldo à base de milho e batata. As duas índias também tomaram do caldo. Depois, levaram a moça para a *hamaca* no quarto ao lado onde já havia duas outras *hamacas* atadas aos caibros. Acomodaram o pequeno corpo de Dorotea para que ela ficasse confortável e estenderam uma manta por cima dela, pois fazia frio à noite no Altiplano. Ficaram as duas índias sentadas em suas *hamacas* em vigília até certificarem-se de que a moça entrara em sono profundo. Abuelita levantou-se, apagou o candeeiro a petróleo e desejou boa noite à companheira. Lá fora só se ouvia o barulho do vento.

No dia seguinte, de manhãzinha, as índias e Dorotea retornaram para o convento. Quando chegaram, a índia mais velha foi conversar com o padre reitor sobre o acontecido. Ele então se reuniu com outros dois sacerdotes para discutirem a melhor maneira de ajudar a moça. Decidiram levá-la para La Paz, discretamente, hospedá-la, se necessário, por alguns dias na casa dos jesuítas na capital enquanto procuravam uma clínica onde interná-la. Os padres pediram à índia mais velha que vestissem Dorotea como se vestem as índias. Assim ela o fez. Depois, a índia veterana arrumou a pequena mala de Dorotea, mas a caixinha de papelão com a carta e as fotos a moça fez questão de levá-la na mão.

Em seguida, dois padres levaram-na num jeep Willys; tiveram o cuidado de fecharem a capota na parte traseira. Pretendiam chegar o mais discretamente possível. Já em La Paz, depois de uma viagem fatigante e tensa, dirigiram-se para a residência dos jesuítas. Dorotea portava a caixinha como se fosse um objeto sagrado. Já era ocaso e a sombra a todos protegia. Conversaram com os padres e orientaram para encontrar uma clínica onde ela não levantasse suspeita. Pernoitaram na residência e ganharam o Altiplano de manhã cedinho, com as primeiras luzes da aurora.

O superior da residência foi pela manhã conversar com o médico que habitualmente assistia os sacerdotes. Ele o acompanhou até uma clínica nos arredores de La Paz, mantido por uma associação de assistência humanitária. Era conhecido do diretor. Chegaram os dois e foram logo recebidos. O padre fez o relato dos sintomas que a moça apresentava nos últimos tempos e a provável causa de tudo aquilo. O diretor o ouviu em silêncio. Pediu-lhe então para trazer a moça, que ela seria internada imediatamente. O padre fez uma última recomendação: que ela fosse registrada com outro nome. O diretor aquiesceu.

Quando levaram Dorotea, deixaram-na aos cuidados da enfermeira chefe. O padre e o médico retornaram no mesmo passo. A enfermeira chefe pediu-lhe a caixinha de papelão que ela segurava firmemente com a duas mãos; Dorotea a entregou hesitante e disse:

– Cuidado, senhora, por favor, aí está a minha vida. – A enfermeira chefe olhou-a intrigada. Talvez achasse que ela estava variando. Guardou a mala e a caixa dentro de um armário de ferro.

– Está certo, terei todo o cuidado; fique tranquila. – E a encaminhou a uma pequena sala onde lhe trocou a roupa; deu-lhe um camisolão branco de algodão para vestir e em seguida a encaminhou para que lhe raspassem o cabelo, para que não pegasse piolho e facilitasse a colocação de eletrodos. A primeira sessão de eletrochoques foi nessa mesma tarde. Atada com tiras de couro em uma cama, com uma proteção entre os dentes, recebeu as primeiras descargas. Após as contrações musculares, o relaxamento. Depois da sessão de eletrochoques, Dorotea caiu em estado de prostração. Só recebeu a primeira refeição na manhã seguinte e já podia passear no pátio junto com os outros internos. Estava como uma sonâmbula em um pântano de bruma densa.

No primeiro dia de pátio, ela ficou meio arredia, observando os outros internos. No segundo dia, uma senhora mais velha se aproximou:

– Você é novata aqui. Quando chegou?

– Ontem à tarde.

– Seja bem-vinda ao mundo dos loucos! – a senhora disse com um sorriso, mas parece que não agradou muito a Dorotea. A senhora percebeu e tentou corrigir:

– Há mais loucos lá fora do que aqui.

A moça continuou calada.

– Como é o seu nome? – indagou a senhora.

– Dorotea.

– E eu sou Maria de la Anunciación, mas pode me chamar de Maria. – E estendeu-lhe a mão.

– Muito prazer.

– Muito prazer – respondeu a moça.

E saíram caminhando juntas. A certa altura, Maria disse:

– Está vendo aquele senhor ali em pé em posição de sentido? É Simón Bolívar.

Ao passarem perto dele, Simón Bolívar de pijama verde claro se aproximou. Todo empertigado e com ar solene, estendeu a mão para Dorotea:

– Deixe-me que eu me apresente. Sou o presidente Simón Bolívar.

– Muito gosto, senhor *Libertador*; é uma honra conhecê-lo – retorquiu a moça.

– Se precisar de algo é só me avisar que eu mando resolver.

E afastou-se soltando um pum.

A moça mirava aquelas pessoas sonâmbulas como ela. Havia aqueles que, desdentados, mastigavam interminantemente não se sabe o quê, os que andavam de um lado para o outro falando sozinhos, em seu mundo particular; os que caminhavam com os pés pesados arrastando no chão, deixando cair fios de baba; os que ficavam agachados, outros ainda pareciam caracóis enroscados em seus próprios corpos. Aquele seria doravante o mundo de Dorotea, pelo menos por algum tempo. O mundo do desvario segregado.

Muitas vezes Dorotea sentava-se em um dos bancos fixos ao chão, no pátio, e seus pensamentos vagavam transportando-se para os lugares em que poderia estar Victor; e se alguém se aproximava para puxar conversa, ela continuava sua viagem, imóvel, ausente, pois ela não estava ali, seu espírito estava longe, em outro lugar.

Ela o via vivendo na fronteira com a cidade de Cobija, do lado brasileiro, escondido na mata, entre árvores gigantescas como as seringueiras e castanheiras; numa cabana ou pequena casa de madeira, quem sabe passando por uma crise de malária. Estaria esperando as coisas se acalmarem na Bolívia, para retornar. Ou teria perdido a memória e esquecido o caminho de casa? Ou constituído outra família? Ou estaria em um *pueblo* perto do mar, à beira do Pacífico, do lado chileno? Ele que gostava tanto de mar, uma espécie de atavismo pelo fato de a Bolívia haver perdido seu quinhão de águas azuis e calmas do Pacífico. Ele deveria estar bem, em algum lugar seguro – pensava. Recusava-se a considerar que estivesse em uma masmorra qualquer em território boliviano. Não, isso não! Ou estaria ele em terras brumosas sem encontrar a saída, só pântanos no meio da floresta densa? Que sofrimento, *Díos mio*! Ao dizer isso, levantou-se sacudindo a bata como que para refrescar-se e ficava esticando e soltando o elástico da calcinha, como se a calcinha lhe apertasse a ilharga; saiu às pressas, quase correndo em direção do alto muro que cercava o pátio atapetado de relva e arborizado. A partir desse momento, ela adquiriu este hábito: o de abanar as coxas com a borda do vestido ou da saia e o de ficar esticando e soltando o elástico da roupa de baixo.

A floresta amazônica! Seria um bom refúgio – pensava a moça, com uma réstia de esperança, pois sempre há quando se trata de pessoas amadas. A floresta por um lado é inóspita, mas pode ser acolhedora, quando se sabe lidar com ela. Há que saber. Será que Victor sabe? – essa a dúvida que lhe martelava a cabeça agora. Um mar verde visto do alto. Árvores seculares, enormes em altura e circunferência, castanheiras, seringueiras, mognos, andirobas, aroeiras, ipês, angico, o rendilhado dos cipós... As chuvas torrenciais deixam seus rastros em forma de igapós, a mata alagada, densa, fechada, frutas variadas, mas um mundo de insetos e bichos, muitos perigosos. Há quem diga que a floresta amazônica é a parte mais nova do planeta, um salão ainda não de todo arrumado, mutante pela própria natureza das coisas e pela mão do homem que nem sempre ajuda no processo de criação divina. A Amazônia com a calha principal do rio-mar a espraiar-se no vale majestoso, os *furos* e igarapés, os igapós – que são as águas invadindo a mata. A terra entrecortada de águas. Assim como se formam muitas ilhotas, elas desaparecem ao capricho das águas. A floresta amazônica é o contraponto geológico da Cordilheira, floresta que nasceu dos movimentos ocorridos nos Andes, com as várzeas quartenárias em processo de formação. A floresta não existiria sem a emersão da Cordilheira que lhe deu vida no processo contínuo de criação e de recriação do mundo. Há muitos milênios, era tudo oceano. Tempos imemoriais.

Mas onde estaria Victor agora? Saberia ele sobreviver na floresta farta, porém muitas vezes inóspita? Teria meios de caçar? Havia muitas frutas, é certo, poderia pescar. Estaria homiziado em alguma tribo indígena? Ou em algum pequeno povoado de agricultores ou extrativistas? Com alguns habitantes ribeirinhos? – eram pensamentos que assaltavam o espírito atormentado de Dorotea.

Dorotea atormentada. Uma das piores sensações é a de se sentir sozinho no mundo. Ela contava pelo menos com a solidariedade dos padres e das índias aimaras do Altiplano. Era chegada a hora de Dorotea receber alta e isso, por paradoxal que possa parecer, a angustiava. Ali na clínica ela se sentia segura. Para onde iria? Tinha desaprendido a cuidar de si própria, esquecera da vida fora daqueles muros altos. O que seria dela? A sua inquietação refletia-se na frequência com que balançava a borda da bata e esticava o elástico da calcinha. Amarrava a cara e ficava andando como uma autômata no pátio. Não falava com ninguém, mesmo se insistissem, nem mesmo com as pessoas que lhe eram mais próximas. Entrara numa fase de silêncio e de sombra. Deveria passar ainda por algumas entrevistas com os médicos, mas sabia que eles acreditavam que era hora de ela ceder o lugar a outro enfermo que aguardava internação. Já tinha condições de sair e de deliberar-se por si própria – acreditavam os médicos e enfermeiras da instituição.

Enquanto esteve na clínica, Dorotea fizera algumas sessões de psicoterapia. Em uma delas, a moça contou que havia tido um sonho em que viu uma sala escura onde havia um homem sentado em uma cadeira com um forte holofote apontado para os seus olhos e um pingo d'água intermitente caindo no centro de sua cabeça. Na manhã seguinte, esse homem foi obrigado a ficar em pé e ao demonstrar sinais de que poderia dormir, era imediatamente acordado, até que o homem desmaiou. Ele estava vestido com o blazer de Victor, aquele em que ela havia achado a carta em um dos bolsos. O psicólogo pergunta-lhe se ela trazia a carta consigo. Ela disse que sim. Ele pede-lhe então que ela leia um trecho da carta, qualquer um, que ela escolhesse. A moça leu: "Amor, por que não nos conhecemos antes para convivermos mais? Sentirei muito tua falta. Oh, e como!"

Os jesuítas da residência de La Paz enviaram uma senhora que trabalhava havia muitos anos na casa para buscar Dorotea e conduzi-la até sua nova morada. Ficava no mesmo bairro popular em que a senhora residia, uma casinha modesta nas proximidades da casa da senhora, na mesma ruela. Os padres iriam arcar com o aluguel e algum dinheiro dado mensalmente para a mantença de Dorotea. Ela aos poucos foi se adaptando à nova vida. Saía todos os dias para caminhar sem rumo pela cidade, sempre com o retrato de Victor na bolsa.

Manolo, desempregado que vivia de expedientes, só vivia bêbado. Quando cruzou com Dorotea pela primeira vez no bairro, deteve-se, a olhou de cima a baixo e disparou: "*Mamacita lindaaaaaa!!!*" E ficou dando um longo beijo em sua direção. Ela resmungou: "Bêbado". Sempre que a via, fazia um gracejo. Já no ocaso, quando ela retornava para casa, ele vinha subindo a ladeira titubeando, disse um chiste e ela revidou:

– Bêbado!

Manolo saiu cantando uma música conhecida com o intuito de enervá-la ainda mais:

Gracias a Díos soy soltero,
Viditay soy soltero;
Que les importa si me alegro,
Si me emboracho,
Que si me emboracho es con mi plata
Y no le devo a nadie![3]

Outra ocasião, ao se cruzarem, ele disparou:

– *Vamos hacer un polvito mágico, guapa?*

Ela saiu atrás dele batendo-lhe com a bolsa até ele se distanciar na carreira e dobrar na primeira esquina rumo à casa onde morava com os pais.

– Vai dar uma rapidinha com tua mãe, bêbado miserável! – vociferou Dorotea indignada.

O tempo se esvaía e Dorotea envelhecia. Quando mostrava o retrato de Victor às pessoas,

---

3 *Graças a Deus sou solteiro,/queridinha, sou solteiro;/não é da conta de ninguém se me alegro,/se me embriago,/pois se me embriago é com meu dinheiro/e não devo nada a ninguém.*

algumas perguntavam se era o filho dela. Ela não se dera conta que o tempo passara rápido e procurava aquele Victor do retrato; observava os rostos dos homens de trinta anos na esperança de encontrá-lo, quando ele agora deveria ter cerca de sessenta. Ela envelhecera rapidamente, aparentava mais do que a idade cronológica, porventura motivada pelo tormento, pelo sofrimento interior, pelo permanente mal-estar. Continuava colocando rolos nos cabelos para aumentar o volume e dar-lhes forma, pintando-os de louro, passando esmalte nas unhas. Era vaidosa. Ou talvez quisesse estar sempre preparada para a eventualidade de reencontrar o marido.

Há tempos a deixaram em paz. Não representava perigo. Era apenas La Vieja ou La Loca daquele bairro humilde. Ela não se preocupava mais em estar sendo seguida. Sentava-se frequentemente em um banco de praça e deixava-se perdidas horas a observar os transeuntes ou a repassar suas reminiscências, olhando no vazio. O Brasil virara apenas lembrança, ficara longe. Apenas as boas reminiscências com Victor. Não se lembrava mais dos pais nem dos amigos. Era um mundo distante do qual não acompanhava mais as notícias nem recebia cartas. Tornara-se boliviana por opção, aprendera a gostar daquele país, lá poderia encontrar aquele que fora o único a valorizá-la como mulher detentora de dignidade e merecedora de respeito. Amava-o e por ele se sentira amada. O melhor sentimento de todos os sentimentos, a reciprocidade do afeto.

As amigas aimaras do Altiplano convidaram Dorotea para passar com elas as festividades do *Dia del Índio*, celebrado em 2 de agosto. Quando ela chegou a casa de Abuelita, serviram-lhe *olluco con charqui*, *chuño*, as batatas reidratadas, e também *quinoa*, grão originário dos Andes. Dorotea era como se fosse um membro da comunidade aimara, e os índios sentiam em relação a ela o dever da solidariedade. A comunidade celebrava *Tunupa*, o deus criador do universo, do vento, da chuva, das montanhas e lagos. Ele inspirou também o costume do povo aimara: música, lavoura, tecelagem, a língua e as regras de moral. Nas festividades, eles evocavam também o poder dos espíritos que moram nas montanhas e no céu e a força natural dos relâmpagos. Dorotea ficou feliz em rever as antigas amigas e aproveitaram para conversar bastante. Abuelita praticamente não se levantava mais da *hamaca* e era cuidada pelos netos e as amigas do *pueblo*. Dorotea visitou ainda o convento, alguns padres já haviam sido substituídos por outros, mas todos os que lá se encontravam conheciam a sua história. Na cozinha, as mesmas índias continuavam na faina doméstica. Aquele lugar parecia aos olhos de Dorotea fazer parte de seu mundo. O mundo das alturas, do Altiplano, da imensa Cordilheira dos Andes com sua frieza e seus mistérios. *Tunupa* parecia ter tido muito trabalho ao criar aquele bloco imenso e extenso de pedra erguido em direção ao céu e se estendendo de ponta a ponta na borda ocidental da América do Sul.

Dorotea se postara no umbral da porta da casinha de adobe de Abuelita. Só se via a silhueta dela na contraluz dos raios vermelhos do poente. A velha índia disse-lhe carinhosamente:

– Minha filha, pegue um tamborete e se sente aqui perto de mim. Dorotea dirigiu-se para onde estava a mesa na qual Abuelita fazia as refeições, pegou um tamborete e o trouxe, sentando-se perto da velha índia, próxima a seu rosto, olhando-a de frente. Começou a alisar docemente os cabelos brancos de Abuelita.

– Minha filha, sei que o espírito que mora em seu corpo está atormentado. Está mais calmo agora, mas você continua sofrendo muito. A saudade é uma dor que mata devagarzinho. Quando se perde um ente querido é uma parte de nós que se vai. Já passei por isso. Meus entes queridos que se foram hoje moram nas montanhas. Sei que eles estão bem e cuidando de mim, que não demorarei a partir, me juntando a eles.

Os olhos de Dorotea ficaram vermelhos e lacrimejantes. A velha índia continuou:

– O seu Victor não apareceu. Mas se ele estiver nas montanhas, ele está bem. Devemos pedir por ele aos nossos deuses para que ele encontre paz e cuide de você, de onde se encontra. Você andou procurando por ele nos lugares errados. Tive uma visão dele, numa madrugada; não conseguia dormir, você sabe, os velhos dormem pouco. Ele sorria pra mim e pediu-me para rogar aos nossos deuses que você encontrasse a paz. É tempo de você fazer a cerimônia de despedida e aceitar que ele fez a grande viagem. É melhor para você e para ele, só assim vocês dois terão paz, e ele poderá completar a sua jornada. Coloca a foto dele perto de sua cama, guarda a carta que ele fez como uma boa recordação e se lembre dele com amor. Mas ele não vai voltar. Eu sei que os católicos se vestem de preto quando morre uma pessoa da família. Faça isso; faça também uma oração e diga adeus ao seu marido. Ele estará sempre próximo de você. Faça isso, minha filha.

– Eu respeito sua grande sabedoria, Abuelita. Se eu tivesse que chorar ainda por ele não teria tempo suficiente de derramar todas as minhas lágrimas nos vales profundos da Cordilheira. Obrigada de coração, Abuelita.

Deu-lhe um beijo na face e se despediu, pois deveria partir bem cedo na manhã seguinte.

Cedo da matina, o ônibus partia conduzindo Dorotea. Muito alto, no azul do céu, um condor passava. Ao redor, os cimos da Cordilheira inescrutável, majestosa. O condor se distanciava em seu sobrevoo, adejando nas correntes do vento. Parecia que ele enxergava cá embaixo os espíritos que habitavam as montanhas. E o condor continuava a passar.

Para trás ia ficando a grande cadeia de montanhas de sete mil e quinhentos quilômetros de extensão, indo da Venezuela à Terra do Fogo, na fímbria do oceano Pacífico. Movimentos geológicos antiquíssimos ergueram os blocos de pedra e escavaram bacias para compor a majestade da Cordilheira. Os Andes Centrais que cobrem a Bolívia e o Peru são imensos. Ali estão as altas planícies, o Altiplano boliviano ou *puna*, como são chamadas no Peru, podendo chegar a quatro mil metros de altitude. Ao leste e ao oeste, essas extensas áreas são circundadas por uma série de cordilheiras. Ali estão vulcões silenciosos. Essa parte dos Andes é árida e a pastagem escassa. Aí existiram em tempos remotos, tempos precolombianos, várias civilizações, sendo a dos incas a mais brilhante, com o seu império dizimado pelos colonizadores. Na banda oriental, eleva-se uma floresta a uma altura que chega a atingir por volta de três mil e quatrocentos metros. Tudo ali é monumental!

A montanha gelada de Huayna Potosí, o antigo coração do Império Inca, atinge a altitude de seis mil e quinhentos metros. Onde estariam os espíritos dos mortos? Quem sabe o condor tivesse a missão de também velar por eles? O condor andino, a maior ave do mundo e que chega a voar até trezentos quilômetros por dia!

Lá das alturas grandiosas, como grandiosa é toda a Cordilheira dos Andes, a montanha abriga os espíritos dos que já se foram. Do Altiplano, de dentro do ônibus que a levava de volta a La Paz, Dorotea acena, com os olhos úmidos, mas apaziguada, o último adeus.

La cordillère

Pedro Braga

La cordillère

Roman

Traduction de Corinne Calandra

L·G·E EDITORA

Brasília, 2011

LGE Editora Ltda.
SIG Quadra 04 Lote 283 – 1º Andar
Tel.: (61) 3362-0008 – Fax: (61) 3233-3771
lgeeditora@lgeeditora.com.br
www.lgeeditora.com.br

Editor
Antonio Carlos A. Navarro

Autor
Pedro Braga

Foto da capa
Huayni Potosí – Andes, Bolívia
Autor: Jonathan Lewis (Wikimedia Commons)

Projeto gráfico e diagramação
Samuel Tabosa de Castro

Impressão e acabamento
LGE Editora Ltda.

Dados Internacionais de Catalogação na Publicação (CIP)

Braga, Pedro.
La cordillère . / Pedro Braga . Tradução de Corrine Calandra – Brasília : LGE, 2011.
112p. 18 cm.

1. Literatura brasileira. 3. Romance. I. Título.

CDU 82-31

ISBN 978-85-7238-486-5

Visite nosso site: www.lgeeditora.com.br

Dédié à Clóvis Sena,
in memoriam.

Et pour Katia Guillermina,
qui m´a beaucoup aidé à
connaître la Bolivie.

La cordillère

1

On raconte la légende sur l´origine des peuples incas où beaucoup de siècles auparavant l´héros mythique Manco Cépac devint le premier souverain de cette nation. Dans la «villa de l´aurore» (Pacari Tampu) existait une colline, la «villa des vents» (Tampu-tocco). Un jour, le sol de la colline s´ouvrit et de la fente apparut quatre frères: Manco, Cachi, Uchu et Auca, tous mariés avec leurs quatre sœurs. Et l´empire s´épandît dans plusieurs pays de l´Amérique du Sud. Avec l´arrivée de conquérants, la «villa des vents» fut occupée par de nouveaux personnages, et la «villa de l´aurore» devint, comme nous le constatons, la «villa du coucher du Soleil».

Bien plus tard surgît la Bolivie, un pays ravagé par d´innombrables injustices de l´Histoire, sa population native avilie, méprisée dans sa culture, abandonnée à son propre sort. Un pauvre pays que celui-ci exproprié dans son territoire, privé des sables blancs et des eaux bleues de l´immense océan.

La Bolivie a la nostalgie de la mer. Rien de pire que le sentiment de perte. On peut dire en guise de réconfort que sans ce bout de territoire par lequel on pouvait accéder au Pacifique, la Bolivie est devenue géographiquement le cœur de l´Amérique. Le cœur!

Il remonte à très loin le temps de la guerre avec le Chili en défense de ce bout de mer. La guerre du Pacifique qui laissa des victimes et des héros.

En fin de cet après-midi-là, La Vieja (La Vieille) contemplait d´un regard triste la statue en bronze, de cet homme qui n´était pas militaire, mais un entrepreneur prospère, qui prit les armes et qui en face d´une défaite imminente vociféra une phrase qui resterait à jamais célèbre.

La Vieja relut la phrase écrite sur le piédestal du monument. Elle tourna la tête, cracha par terre

et s´en alla à pas lents, silencieusement. La Vieja ruminant son amertume se plaignait de tout et de tous principalement de sa famille. Elle avait même oublié son âge. Depuis des années elle errait dans la ville de La Paz à la recherche de son mari. Elle avait avec elle une photo de lui, encore jeune, de l´époque où il disparut pour ne pas être arrêter par les forces répressives des années cinquante.

L´effigie devant laquelle La Vieja se tenait était d´ Eduardo Abaroa, presque couché sur un support, comme s´il surplombait un pont, le fusil près du corps, en position de combat; le théâtre de cette guerre inégale était la ville de Calama; l´année, 1879. Quelques jours auparavant, Abaroa s´était rencontré avec le Colonel Villagran au Consulat de France à Antofagasta, pour négocier. Le Colonel chilien lui avait conseillé de se retirer auprès de sa famille. Eduardo Abaroa lui a répondu: «Soy boliviano, esto es Bolivia y aqui me quedo»[1]. Pendant la bataille de Topáter, Abaroa tomba dans le champ d´honneur

1 Je suis bolivien, c´est la Bolivie et je reste ici.

en ce sombre 23 Mars. Eduardo Abaroa fut l´un des premiers à se présenter comme volontaire à Don Ladisla Cabrera, étant immédiatement promu comme second dans la hiérarchie de commandement, sous le poste de lieutenant, et assumant un rôle important dans la planification de la défense du territoire bolivien. Il fallait que ces volontaires empêchent les troupes chiliennes de traverser le pont sur la rivière Loa. C´était une troupe de mille hommes organisés contre cent volontaires sans formation militaire. Les troupes chiliennes avançaient, surmontant les clôtures et les fossés jusqu´à arriver au pont étroit. Les boliviens ouvrirent le feu, blessant plusieurs soldats du Chili. Le Colonel Villagran ordonna à ses troupes de ne pas tirer. Un moment plus tard, on écouta le cri à plein poumons du Colonel Villagran:

– *Ríndase, mierda!*[2] – La réponse de Abaroa vint aussitôt:

– *Rendirme yo?... Qué se rinda su abuela, carajo!*[3] – Et les boliviens recommencèrent à tirer. Les

2 Rend-toi, canaille.

3 Me rendre? Moi? Que ta grand-mère se rende, enfoiré!

chiliens ripostèrent. Allongé, appuyé sur ses coudes, Abaroa continuait à tirer, utilisant aussi les armes de ses compagnons qui avaient succombé. La cavalerie avançait dans sa direction; Abaroa résista encore avec son sabre, même étant atteint par un projectile dans sa gorge; puis il fut touché par plusieurs tirs. Et à ce moment suprême, étendu par terre, ensanglanté, il faisait son entrée dans l´histoire. Le colonel chilien Sotomayor, reconnut son intrépidité et ordonna que ses soldats présentasse les armes devant son corps inerte. Aujourd´hui encore l´écho da sa phrase se diffuse dans toute la Cordillère.

Grâce sa bravoure, Eduardo Abaroa, fut enterré par les chiliens au cimetière de Calama, avec les honneurs militaires. Il faut respecter les héros même appartenant à des camps adverses. L´Héroïsme n´a pas de patrie; il prospère toujours dans des conditions adverses et limitrophes. Il en fut ainsi avec cet homme grand et maigre, aux cheveux abondants, avec une moustache et une barbiche qui lui donnaient une physionomie austère; il avait un regard décidé dont l´indignation l´avait entrainé directement dans un

combat inégal. Puis en 1952 la dépouille d'Abaroa fut emmenée à La Paz, inhumée, métamorphosée en bronze sur une place portant son nom.

La Vieja ignorait toute cette histoire et ça ne lui venait même pas à l´idée de savoir pourquoi on célèbre *El dia del Mar*[4] dans le pays qui l´avait accueilli et où elle vivait depuis de nombreuses années, puisqu´elle y arriva jeune fille et avait perdu la notion de son âge. Peut être qu´elle aurait apprécié la réponse de Abaroa. Mais comment le savoir ? Elle continuait infatigablement son parcours sans but précis demandant toujours au sujet de Victor, le mari disparu une nuit froide et brumeuse lors d´un coup d´état militaire. Victor était journaliste et luttait pour la liberté. Dorotea (le nom civil de La Vieja) et Victor habitaient à cette époque-là dans l´appartement de ses parents; elle était jeune et ne comprenait rien de ce qui se passait dans le monde politique. Elle s´était mariée avec Victor, et n´avait aucune activités militantes ni idéaux, seulement le désir de mener une

4 Le jour de la Mer.

vie paisible auprès de ses enfants qu´elle n´eut jamais; trois fausses couches qui lui fit abandonner le désir d´être mère. Il semble qu´elle avait un utérus puéril. Elle errait dans la ville avec comme compagnons la solitude, le désespoir et le désir ardent de retrouver son mari. À tous ceux qu´elle approchait, elle répétait la même question «Hás *visto Victor?*[5]» Et elle montrait une photographie jaunie par le temps. On l´a prenait pour une folle.

Abaroa aurait-il dû consentir à l´exhortation de Vallagran et repartir auprès de sa famille pour retrouver son épouse Irène, naît Rivero, et ses quatre enfants? Allait-il vivre pour toujours, honteux en tant que père de famille ou allait-il résister avec les armes en main? C´était un dilemme. Il opta pour une mort digne. Au moment des adieux, le jour de son départ, Abaroa fit une promesse à Irène et à ses enfants Andrónico, Eugenia, Antonia e Juan Eduardo. Après avoir pris le petit déjeuner, il les appela et un par un, assis sur ses genoux, il leur chuchotait des

5 Avez-vous vu Victor?

choses qui les faisaient rire, et après les embrassait. Il était souriant. Sur le seuil de la porte principale, il embrassa longuement sa femme Irène et lui dit qu´il rentrerait à la maison «*luego del combate con los Caracoles*»[6], essayant de transparaître de la confiance pour minimiser la douleur qui adviendrait de cette séparation. Mais il n'en fut pas ainsi. Le lendemain du tragique évènement de sa mort, un messager galopa toute la nuit pour apporter la nouvelle à Irène un matin de brouillard et d´un froid extrême. La femme écoutait en silence et en silence les larmes coulaient sur son visage pâle, en fixant l´horizon comme pour voir son mari partir à jamais. La Bolivie perdit la mer, Irène et ses quatre enfants perdirent Eduardo, l´époux et le père; celui-ci possédait une mine d´argent du nom d'Inca, prés du village de Calama, dans la vallée de la rivière Loa. Abaroa mort, le capitaine chilien Memoroso Ramirez accapara son Winchester et Chaska, son cheval. Mais le plus gros butin était 120 milles kilomètres carré de territoire au bord du

6 Après le combat contre les Escargots (dénomination dépreciative à l'égard des chiliens).

Pacifique. Ironie triste: l´Histoire quelques fois joue avec les noms...

Irène écoutait encore la promesse de son mari et pensait comment communiquer la tragédie à ses enfants. De cela aussi La Vieja n'en savait rien. Elle n´était pas de cette région et, en plus, dépourvue d´entendement.

– *Hás visto Victor?* – et montrait la photographie

– *No, señora, no le he visto*[7] – on lui répondait invariablement.

Et La Vieja continuait son chemin de croix quelquefois en silence d´autres fois avec des murmures incompréhensibles.

La Vieja habitait dans une maison faite d´adobes blanchies à la chaux sur les versants d´une colline. La Paz est située sur une espèce de «marmite» dans la Cordillère. Aussitôt arrivée à la maison, elle allumait la radio, sa seule compagne. Elle écoutait tous les théâtres radiophoniques et toutes les émissions, même les infos dans l´espoir qu´elles donneraient des

7 Non madame, je ne l´ai pas vu.

nouvelles des disparus. Elle interrompait son écoute seulement pour prendre une tasse de café noir avec des biscuits en guise de dîner. Elle était maigre et sentait beaucoup de douleurs. Même si les voisins la traitaient avec respect, ils se référaient à elle comme La Loca, La Folle.

Elle ne pouvait pas voir un chien attaché qu´elle voulait le détacher; si le chien aboyait beaucoup, elle allait se plaindre au propriétaire en exigeant qu´il donne à manger à la bête, car selon elle c´était la faim. Il lui était même arrivé une fois d´envahir une maison, pour libérer un chiot de la chaîne qui le détenait. Ce qui lui valut une plainte pénale au commissariat de Police. Mais ceux qui l´a connaissaient faisaient semblant de lui obéir, poussés par une certaine condescendance et sentiment de compassion. La Loca était l´un des personnages particuliers de son quartier ; déjà dans la partie de la ville où elle allait le plus à la recherche de son Victor, elle était vue comme l´une de ces folles inoffensive, comme beaucoup bien d´autres qui peuplent d´innombrables villes partout dans le monde. Les fous dans leur univers intérieurs

et mystérieux, habités d'ombres. Victor maintenant n´était plus qu´une ombre.

La Vieja restait souvent assise dans un fauteuil déjà bien usé, qu´elle avait récupéré des poubelles, et où elle basculait dans le passé, à l´époque où elle était jeune. C´était une femme petite, maigre, aux jambes sans formes, petites dents, aujourd´hui usées par le temps. Deux fois par semaine, elle peignait ses ongles avec un vernis rouge et mettait des rouleaux dans les cheveux pour en fin d´après-midi se faire une coiffure comme si elle allait sortir à nouveau. Il fallait être belle quand Victor apparaîtrait – pensait-elle. Elle le faisait dévotement. Elle ne voulait personne d´autre: il fallait que se soit Victor, jeune et sérieux. Elle connut Victor quand elle était encore toute jeune, à Rio de Janeiro où il était correspondant pour quelques journaux boliviens. Elle avait des traits réguliers des mâchoires bien définies, un visage carré comme les nomades bédouins du désert, les Sahariens. La couleur de sa peau était brune. Le sourire et le regard étaient malins, l´apparence sensuelle. Quand elle connut Victor elle vivait un drame psychologique; elle

avait été violée par le propriétaire d´un établissement commercial où elle était allée demander son premier emploi après la mort de son père. Victor l´aida à surmonter ce traumatisme. Le deuxième drame qu´elle vécut dans sa lutte pour survivre avait été quand elle s´était adressé à un parent éloigné qui était député fédéral, elle s´était retrouvée toute seule avec lui dans son cabinet, à la tombée de la nuit, les autres employés étaient partis, il lui demanda de s´asseoir sur un canapé à deux places. Pendant qu´il écoutait la synthèse de son histoire désespérante de ces derniers temps il se rapprochait petit à petit d´elle avec un regard indécent. Avant même d´avoir terminer, il lui fit l´invitation fatale qui l´a laissa désespérée au point de le repousser et de sortir en courant en détresse dans les couloirs solennels de la Chambre des Députés.

Les amis les plus proches savaient que son père, avec qui elle avait été éduquée, et qui l´aimait d´un amour profond, avait été trahi para sa compagne de longue date. Ils se séparèrent et Dorotea resta sous la garde paternelle car s´était la faute de sa compagne Quand elle perdit son père, elle habita toute seule.

Elle avait une photo de son père au dessus de la commode, dans sa chambre. Dans ses moments de désespoir, tristesse ou solitude elle s´adressait toujours à la photo et parlait à son père comme s'il était vivant, auprès d´elle, l´écoutant attentivement et l´apaisant de son regard. Elle pleurnichait pendant ces conversations qui souvent étaient longues.

Quand elle s´unit à Victor et qu´ils voyagèrent pour la Bolivie, elle était enceinte de trois mois. Mais en arrivant à La Paz, elle eut sa première fausse couche.

C´était une époque placide. Ils habitaient dans l´appartement de ses parents. Victor continuait son travail difficile de journaliste. Jusqu´à ce que la marée politique commença à s´agiter comme ça arrivait souvent en Bolivie, l´épicentre de la Cordillère.

C´est ici que les choses changèrent radicalement pour Dorotea.

2

Dorotea se promenait dans les rues de La Paz main dans la main avec Victor. Il lui montrait la ville, ses monuments, ses édifices historiques et ceux de valeur artistique. L´architecture espagnole à plus de trois milles mètres au dessus du niveau de la mer. L´oxygène est moins dense et Dorotea n´était pas encore habituée. Elle sentait les effets du manque d´air et la fatigue, c´est pourquoi ils marchaient lentement. Victor disait que pour connaître une ville il faut mieux la parcourir à pied. Sauf de temps en temps ils prenaient un bus pour aller dans des quartiers plus éloignés du centre. Dorotea possédait une intelligence et une forte sensibilité et savait

apprécier l’ensemble de maisons et la Cordillère. À cette époque–là, elle avait plus ou moins 23 ans. C´était le début des années 50. Les indiens assis sur les marches des bâtiments publics et des églises mâchaient des feuilles de coca et une substance verte et gluante dégoulinait du coin de leur bouche. La feuille de coca soulage la fatigue et les autres effets des hauteurs. Les *cholas,* indiennes plus fortunées, portent un chapeau haut et parlent espagnol. Mais toutes utilisent des vêtements multicolores même si les jupes ou *polleras* noires garnies de rubans colorés prédominent.

Victor lui dit:

– La Paz est situé dans une espèce de marmite incrustée dans la Cordillère des Andes.

Dorotea ne percevait rien de ce moment historique, seulement qu´il y avait quelque chose dans l´air; ni le mari ni les beaux-parents lui parlaient de l´instabilité politique qui régnait. En 1952, éclata la révolution préparée par le Mouvement Nationaliste Révolutionnaire dont le leader principal était Paz Estenssoro, qui vivait exilé en Argentine. La révolution

détrôna la Junte Militaire du gouvernement, instaurée l´année antérieure afin d´empêcher l´ascension au pouvoir de Paz Estenssoro. Le Mouvement rassemblait en plus des syndicaux miniers et les intellectuels radicaux de la classe moyenne. Paz Estensorro assuma la Présidence de la République et mena à bien les changements annoncés: monopole de l´exportation de l´étain, la nationalisation des mines appartenant à trois puissantes familles, il autorisa l´exploitation et l´exportation du pétrole par des compagnies étrangères, réalisa la réforme agraire, concédant de grandes surfaces aux populations indigènes. Estenssoro accomplit son mandat. Il avait été substitué, en 1956, par son vice-président Hernàn Siles Zuazo. Siles Zuazo fit face à l´opposition acharnée de la Phalange Socialiste Bolivienne qui avait été frustrée dans sa tentative de coup d´état, dans laquelle mourut son leader Oscar Unzaga de la Vega.

Pendant ce temps-là, Dorotea sortait toujours pour faire les vitrines et acheter des chaussures. Elle aidait à la maison, bien instruite dans les tâches ménagères et apprenait quelques spécialités gastronomiques avec sa

belle-mère, qui était une personne amène et patiente. Le beau-père déjà retraité, passait ses journées à lire le journal ou à écouter la radio avec son oreille presque appuyée sur le haut-parleur. Toujours en pyjamas et pantoufles, comme quelqu´un qui n´avait pas peur d´être dépouillé chez soi par l´un des deux camps en conflit. Il se considérait déjà hors combat, et de ce fait serait un prisonnier inutile.

Dorotea sortait aussi pour faire les courses dans une *tienda* près de l´appartement, à la demande de sa belle-mère.

Dans l´Histoire, pourtant, il ya des faits lointains comme la Grande Dépression de 1929 et la guerre du Chaco, entre la Bolivie et le Paraguay. La Bolivie souffrit d´énormes pertes et perdit la guerre, et avec elle la région de Chaco, où ils avaient découvert du pétrole au contrefort des Andes et en plus la région donnait accès, par le lit de la rivière, à l´océan Atlantique. Décidément le pays était voué à demeurer le cœur de l´Amérique du Sud, avec ses déceptions et sentiment de perte. Rien de pire pour n´importe quel cœur! La mer devenait de plus en plus lointaine.

Dorotea se tenait vaguement au courant des nouvelles. La vie pour elle s´ en résumait à aider à la cuisine, attendre le mari rentrer du travail, faire des achats et collectionner les chaussures.

Les nuages, pourtant, étaient lourds. Les années cinquante seraient une décennie de grande ébullition en Bolivie, les tensions ne faisaient que d´augmenter.

Une nuit, Victor arriva tard à l´appartement, les parents dormaient déjà, mais Dorotea, même étant couchée, était réveillée à l´attente de son mari. Depuis quelques temps elle avait un pressentiment. Elle était affligée. Victor était pressé, l´embrassa à peine, et lui dit avec une certaine tension dans la voix :

– Je vais devoir m´absenter pour quelques jours, ils sont déjà à ma recherche.

– D´où viens-tu ? – elle demanda.

– De la rédaction.

– Qui est à ta recherche ?

Il resta en silence pendant qu´il mettait quelques vêtements et des affaires de toilette dans une petite valise. Il l´embrassa à nouveau et s´en alla vite. Elle le suivit jusqu´à la porte. Il chuchota:

– Avise mes parents, quand ils se réveilleront, et dit leur de ne pas s´en faire. Je serais en sécurité.

Et il s´esquiva en descendant les escaliers sur la pointe des pieds. Au loin on puvait entendre le miaulement languissant d´un chat.

Le lendemain matin, deux hommes se présentèrent à l´appartement et demandèrent à Dorotea de les accompagner.Elle leur demanda de patienter quelques minutes, le temps de changer de vêtements. Ils lui dirent d´apporter avec elle son passeport.

Elle sorti avec eux vers 8 heures du matin et rentra chez elle seulement à la fin de la journée. Elle resta quelques heures dans une petite salle d'attente, mal ventilée et toute peinte d'un jaune foncé, assise sur un fauteuil déchiré par endroits. Ensuite on l´emmena dans une salle où se trouvait un officier de police en costume et cravate au nœud mou et une cigarette posée sur un cendrier

– Vous êtes d'où ?

– Du Brésil.

– De quelle ville?

– Rio de Janeiro.

– Rio de Janeiro... – répéta le commissaire. – Hum...

– Qu'est-ce-que vous faîtes ici?

– Je suis venue accompagner mon mari.

– Hum...Qu'est-ce-que votre mari faisait au Brésil?

– Il était correspondant pour des journaux d'ici et du Mexique.

– Hum... Ça fait combien de temps que vous êtes mariés.

– Deux ans.

– Et vous, vous travaillez dans quoi?

– J'ai fait des études d'infirmière mais je n'ai pas exercé.

– Vous êtes au courant des activités politiques de votre mari?

– Non, je n'ai jamais eu la curiosité.

– Donnez – moi votre passeport; je vais le garder avec moi, je vous le rendrais après.

– Mais monsieur vous n'avez pas ce droit!

– Le droit, le droit... En ce moment actuel c'est un mot dépourvu de sens. Actuellement le seul droit

qui existe est celui de l´État. Vous pouvez vous retirer, mais ne vous éloignez pas de la ville; vous pourriez être convoquée à n'importe quel moment pour un autre interrogatoire.

Dorotea s'en alla déprimée, avec ses vêtements qui sentaient la nicotine et avec un peu la nausée. Elle parcourut le long couloir lugubre, descendit plusieurs séries d'escaliers et dans la rue offusquée par la clarté du soleil, se dirigea à l'arrêt de bus. Elle attendu le bus quarante interminables minutes. Quand elle arriva à l'appartement, elle alla directement aux toilettes et vomit.

À partir de ce jour, quand elle regardait par la fenêtre, il y avait, au coin de la rue, un homme avec un paletot usé, gris, de couleur différente de celle de son pantalon, il lisait un journal, ou de temps à autre il marchait d'un bout à l'autre du trottoir dessous la marquise. Il observait toujours quand quelqu'un sortait ou entrait de l'immeuble où elle habitait.

Une semaine se passa, les mêmes hommes vinrent la chercher à nouveau, car le chef voulait parler avec elle. Le même moment d'attente ; quand

elle entra dans le cabinet du chef il était en train de nettoyer ses ongles avec un canif. Elle le salua, et il lui dit à peine: – asseyez-vous. Elle s'assit et sans relever sa tête tout en continuant de nettoyer les ongles lui demanda:

– Des nouvelles?

– Non, aucune.

– Comment ça? Il ne vous a pas donné de ses nouvelles?

– Non.

– Alors, vous n'êtes pas mariés?

– Nous le sommes, mais il n'en a pas donné.

Il arrêta de se nettoyer les ongles, mit le coude sur la table et la main sur son front en forme de visière. Il dit d'un ton doux, comme s'il ne s'adressait pas à elle:

– Cela ne serait pas mieux d'en finir avec tout ce dérangement de venir chaque fois ici? Nous voulons seulement parler avec lui, rien de plus. C'est pour votre bien à vous deux. Après vous pouvez reprendre votre vie tranquillement.

– Comment puis-je dire où il est si je ne le sais pas?

Le chef laissa échapper un soupir d'insatisfaction. Il la regarda longtemps dans les yeux et, ensuite, il rétorqua:

– Pourquoi prolonger ce travail si bientôt nous allons le rencontrer, d'une façon ou d'une autre? Pourquoi rendez–vous les choses difficiles? – Un long silence se suivit jusqu'à ce que le chef lui dise: – Vous êtes dispensée pour aujourd'hui.

Elle se leva sans rien dire; quand elle allait partir, il la rappela. Il l'a regarda de haut en bas et dit:

– Non, rien. Il m'est passé par la tête des idées malsaines. Vous pouvez vous en aller.

Les parents de Victor tombèrent dans un silence profond. Ils ne parlaient que l'essentiel. Dorotea avait peur vraiment peur. «Est–ce que Victor est vraiment en sécurité?» – pensait- elle. Chaque fois qu´elle regardait par la fenêtre, il était là, l´homme au paletot usé. A un moment donné il disparut. Mais elle remarqua, un peu plus loin, qu´il y avait une voiture noire. De temps en temps elle épiait et la voiture continuait au même endroit. «Ça doit être eux» – pensait-elle. «Ou ne serai–je pas en train de

devenir folle?» – son esprit s´agitait dans un profond tourment.

Les jours passaient tristement. Ils étaient toujours craintifs que quelque chose de mal allait se produire. Dorotea vivait effrayée. Un matin très tôt ils étaient là à nouveau sonnant à sa porte. Dorotea n´avait même pas encore pris le petit déjeuner, elle se prépara en vitesse et sortit avec eux une fois de plus.

Et là au commissariat, la question:

– Vous avez quelque chose contre notre pays? – lui demanda le chef.

– Non, rien du tout. Bien au contraire.

– Et votre mari a-t-il donné de ses nouvelles?

– Non, aucune.

– Qui sait il a peut être fui avec une autre?

Et de cela Dorotea tressaillit. Le commissaire se leva lentement de sa chaise, il resta debout derrière elle dans un silence prolongé. Elle ne bougea pas. Il se rapprocha un peu plus toujours derrière elle et chuchota: – Vous êtes une belle femme. Vous faites mon genre.

Dorotea commença à transpirer de peur; le sang lui monta à la tête, les jambes tremblaient, elle qui avait vécu le cauchemar d´un viol. Elle voulait partir en courant, mais ses jambes ne l´obéissait point.

– Vous pouvez vous en allez, pour aujourd´hui vous êtes libérée – dit le commissaire d´un ton autoritaire.

Dorotea sortit chancelant, au point de s´évanouir.

Pour ne pas rester recluse dans l´appartement, elle décida, un matin ensoleillé, de sortir pour se détendre un peu. Elle prit un bus et descendit dans le centre de La Paz; s´assit sur un banc de la place pour lire le livre qu´elle avait emmené avec elle. Le médecin lui avait conseillé de prendre du soleil tôt le matin. Après une demi-heure, quand elle leva les yeux elle vit, au loin, un homme qui marchait pressement dans la direction opposée où elle se trouvait. C´était Victor! Oui c´était lui! Elle se leva, garda le livre dans son sac et partit en courant en sa direction, bousculant quelques passants; elle traversa la rue se déviant des voitures et des bus jusqu´à arriver au trottoir d´en face. Elle courrait en essayant de se faufiler entre les personnes qui venaient

dans le sens contraire. Elle était fatiguée et sans souffle. Elle ne voulait pas l´appeler par son nom pour ne pas attirer l´attention sur elle. Soudain l´homme entra dans une église encore dans le périmètre de la place. Elle rentra derrière lui, lui toucha légèrement le bras l´appelant par son nom. L´homme se retourna et elle vit pour sa grande surprise, que l´homme avait le visage du commissaire de police. Est-ce que c´était réellement lui? Elle pâlit. Ne dit rien. Elle se retourna et sortit en courant de l´église encore toute tourmentée. Elle courut en direction d´où elle était venue. Elle avait vu le dragon ou c´était quelqu´un qui lui ressemblait ? Elle ne comprenait plus rien. Au premier arrêt de bus elle prit le premier qui passa, livide au point de s´évanouir elle avait du mal à respirer et son cœur battait extrêmement vite, elle sentait la sueur dégouliner sur son corps fébrile. Quand elle arriva à la maison elle alla directement dans sa chambre, s'assit sur son lit et pleura. A partir de ce moment-là elle commença à voir son mari de partout. Les beaux-parents avec chaque histoire de la jeune fille se regardaient sans savoir que croire.

Le père de Victor, un soir alors qu´il s'était déjà retiré dans sa chambre avec sa femme lui dit avec une certaine difficulté pour parler, presque en chuchotant:

– Tu ne penses pas que Dorotea semble perdre la raison?

– Je craignais cela – répondit sa femme après quelques minutes de réflexion. Je crois que si. Si cela venait à se produire, nous aurons deux pertes. Nous ne savons pas où se trouve notre fils et nous aurons une belle-fille avec l´esprit perturbé.

Dorotea allait de mal en pire. Chaque fois qu´elle sortait elle croyait apercevoir son mari et partait en courant à sa poursuite, pour une fois de plus se déparer avec une autre déception. Les hommes confondus la regardaient avec perplexité et percevaient que son visage était pâle et son regard démentiel, les yeux se déplaçant toujours de droite à gauche comme une endiablée.

Il y avait dans l´appartement une atmosphère accablante. La tristesse contaminait à tous. Les parents de Victor montraient des signes de fatigues

anormaux pour leur âge. Le père soudainement apparut avec une maladie maligne. Il fit des examens et il n'y avait plus rien à faire pour y remédier. La peau devint cadavérique et de couleur verdâtre; il rapetissa; lui qui était un homme de stature grande, diminua de taille visiblement. Il sentait beaucoup de douleurs qui disparaissaient seulement quand il prenait de la morphine. Le spectre avec sa capuche s´approchait. Il commença à rester dans sa chambre, même pour prendre ses repas, ce qu´il faisait seulement à cause de l´insistance de sa femme et même ingérant une quantité minime. Dans la nuit du Dimanche de la Résurrection il mourut. Il ne senti aucune douleur à cause de la morphine. Cet homme à la peau verdâtre et maigre, de la taille d´un enfant cessa de respirer sans avoir pu dire adieux à son fils. Il quitta ce monde sans savoir en fait ce qu´était arrivé à son fils, s´il était vivant ou mort et quel tournant avait pris sa vie. Dorotea au début n´avait pas compris ce qui s´était passé, mais ensuite avait éclaté en sanglots, après avoir ri aux éclats. Dorotea s´esclipsait laissant la place à La Loca. Pendant la messe du septième jour elle perçu la

présence discrète du mari, mais aussitôt qu´il se rendit compte qu´il avait été reconnu, il sorti rapidement, ne donnant pas à sa femme le temps de l´atteindre. Encore une retrouvaille fracassée, pensait-elle sans espoir.

La belle-mère rentra rapidement dans un état de décrépitude et fut internée dans un asile de personnes âgées. Dorotea resta toute seule jusqu´à la visite des voisins.

3

Les voisins péruviens des parents de Victor, voyant le martyre de la jeune fille, lui rendirent visite, en soirée et lui proposèrent de l'emmener clandestinement dans un endroit plus sûr (elle sursauta au bruit des coups donnés à la porte cette nuit-là; elle pensait que ça pourrait être "eux"). Elle y consentit, car ici elle courrait des risques. Ils se mirent d'accord de s'attendre, à la sortie de la première messe célébrée à la cathédrale, qui commençait à 5 heures le dimanche. Ils devaient partir tôt, car le refuge était loin. Il y aurait beaucoup de gens et c'était un endroit en principe qui n´attirerait pas de soupçons. Comme c´était ses voisins, on pourrait imaginer

qu'ils la ramenaient chez elle. La destination était l´Altiplano, l'arrière pays bolivien, dans la partie occidentale du pays situé dans la Cordillère des Andes Centrales. C'est où les Andes s'élargissent formant un plateau élevé. Il est situé en altitude, à plus de trois milles mètres. Le voyage fut long et pénible par des routes de terre souvent étroites et sinueuses. En se rapprochant, on pouvait déjà apercevoir au loin les sommets de terre aux tons marron. La voiture s'arrêta devant une maison toute blanche, entourée d'un mur, comme si c'était une île où il n'y avait plus d'eau tout autour. Tous les trois sortirent de la voiture et l´homme sonna une cloche sous un portique ample et massif. Un père qui était le supérieur vint voir qui était là à travers une petite fenêtre. L'homme fut de suite reconnu. Le père ouvrit le portique et les invita à entrer, en les conduisant dans une pièce du couvent, une espèce de parloir. Il leur offrit de l'eau et leur demanda s'ils avaient faim. Ils lui répondirent que non mais acceptèrent l'eau. C'était un couvent de jésuites basques. L'homme alors leur expliqua la raison de leur voyage inattendu:

– Mon père je voudrais vous demander d'accueillir pour quelques temps cette jeune fille qui est l'épouse d'un journaliste recherché par la police politique. Elle n'est pas militante, elle est née au Brésil et est venue à La Paz pour accompagner son mari. J'ai pris la liberté de l'emmener ici, car comme nous même sommes catholiques, nous savons que la traditionnelle hospitalité chrétienne n´allait pas faillir, de la même façon qu´elle ne faillit pas aux premiers apôtres qui propagèrent dans plusieurs pays le message du Christ. Elle n´est pas missionnaire, mais elle est catholique et comme Pierre et Paul, elle est persécutée. Peut-elle conter sur votre hospitalité?

– Evidemment, mes frères. Ceci ici é un sanctuaire et j´espère qu´ils n´oseront rien faire, ni qu´ils le profane. Ici elle sera sous la protection de l´Église comme d´antan. Elle peut rester le temps qu´il faudra. Je vais l´accommoder dans une chambre et vous montrer la vôtre pour que vous puissiez passer la nuit. Quand pensez-vous repartir?

– Demain très tôt.

À l´aurore le couple s´en alla en laissant Dorotea au couvent.

La région était désertique, la terre généralement ocre, mais quelque fois grisâtre, une étendue de sable gris-marron. Il y avait des lagunes d´eau verte au milieu de la Cordillère. L´herbe poussait dans les lacs et aux marges et il y avait une multitude de flamands. Ici et là des monticules d´herbes dans le vaste désert; on pouvait voir beaucoup de pissenlits et les flans des collines étaient verts et jaunes à cause du soufre. La nuit la température tombait beaucoup, allant jusqu´à sept degrés au dessous de zéro. Des fois le vent soufflait très fort.

Peu à peu Dorotea s´habituait à ce nouveau décor et nouveau mode de vie. Dans la cuisine du couvent il n'y avait que des indiennes d´ethnie aymara. Elle apprit avec elles beaucoup de mots et quelques chansons. Elles avaient l´habitude de réaliser les taches ménagères en chantant dans leur langue natale. Parfois Dorotea sortait avec plusieurs d´entre elles pour aller dans certains villages dont les plus près se trouvaient à quelques lieues. Les maisons

étaient toutes en adobe dans ces villages isolés. On y voyait des aigles, des vigognes[8], des nandous.[9]

Quand elles retournaient au coucher du soleil, le ciel était d'un bleu cobalt avec des nuances de rose, derrière les collines brunâtres; à la lueur du crépuscule les flamands ressemblaient à des ombres chinoises au bord des lacs.

Il s'était déjà passé six mois, Dorotea s'était déjà habituée aux labeurs de la cuisine et à la solitude de l'Altiplano. Les seuls contacts en dehors des hauts murs du couvent se passaient avec les indigènes qui venaient fréquemment apporter de la viande de porc et d'agneau. Les pères faisaient du jambon, des saucissons et du chorizo. Ils s'en occupaient eux même, ils ne le laissaient pas au soin des indiennes. Les pères utilisaient le même procédé utilisé en Espagne; les jambons étaient recouverts de gros sel et ensuite pendus dans un compartiment spécialement conçu pour cette occasion pendant beaucoup de temps jusqu'à ce qu'ils soient complètement secs.

---

8 Lamas qui vivent à l´état sauvage et possède un pelage laineux.

9 Oiseau ratite d´Amérique du Sud ressemblant à l´autruche.

Quand Dorotéa sortait, c'était pour visiter des connaissances de quelques unes de ses collègues de travail qui habitaient dans des villages distants et isolés. Elles croisaient souvent des femmes indiennes qui gardaient des troupeaux de lamas pendant qu'elles tissaient sur leur métier à tisser les laines colorées. Ou alors elle partait en exploration au confins de ce monde-là, c'est à cette occasion qu'elle connut *el árbol de piedra*[10], une formation rocheuse sculptée par le vent, ce qui lui donne l'apparence d'un arbre d´arénite dans un décor de petites roches ferrugineuses au milieu des sableuses. Elle allait aussi avec ses camarades du couvent prier dans un petit oratoire de pierre, avec une croix au dessus de la niche, faite par les indiens. Dans l´une de ces promenades elle vit un mât sur lequel il y avait un aigle mort, et aussi quelques bouteilles vides, au bord d´un sentier. Les indiennes qui l´accompagnaient se détournèrent rapidement en évitant de regarder ce qu´elles croyaient être de la sorcellerie. Avec les indigènes elle apprit à mâcher des feuilles de coca mélangées

10 L´arbre de pierre.

dans la bouche avec *lejía* – un amalgame de patate douce et de cendre. Elle ne sentait plus sa bouche et éprouvait une sensation de bien-être dans ces hauteurs de plus de trois milles mètres au dessus du niveau de la mer. Elle apprit aussi dans la cuisine du couvent, à préparer *ruestro de cordeiro*, un ragout de veau e à déshydrater des pommes de terre qui restaient une bonne période de temps dans la glace avant d´avoir tout le liquide retiré, pour être conserver pendant beaucoup de temps. En général les pommes de terre une fois réhydratées étaient préparées avec des œufs et du fromage de lama. Les indiennes cuisinaient toujours en chantant des chansons aymaras, dont des chansons pour enfants.

Achachi kunturi thuqhuski
Allqhamirilla tukarurallani
Agil mallkulla pumpiru
Achakullana markallparu
Mamanilla k'apustatay[11]

11 Le titre de cette chanson est El achachi, c´est à dire Le vieux Condor: Le vieux condor qui danse/ le vautour joue joyeusement/ L´aigle joue du tambour/ dans le village des rats / le faucon joue de son instrument.

Comme Dorotea avait une fine oreille, elle apprit quelques chants aymaras, jusqu´à pouvoir imiter le son produit quand la langue claque sur le palais, très habituel dans cet idiome. Ce que Dorotea ne savait pas c'est que l'idiome aymara était parlé par la plupart des habitants de la Cordillère. De nos jours, au Pérou les indigènes des deux cotés, aussi bien ceux de la forêt amazonienne comme ceux des Andes se rencontrent annuellement pour réaliser le festival de la glace. Ceux de la montagne avec leurs beaux vêtements colorés, leurs garnitures de lamas et ceux de la forêt avec des coiffures. Ils vont semblable à une procession jusqu'au sommet de la Cordillère et, sur la glace, ils méditent sur le sens de la vie. En montagne, on a l'impression d'être plus près de Dieu. Quand on regarde les montagnes glacées ou le relief, les lacs bordés d'herbe, les plantes grimpantes à la cime des pics dépourvus de végétation, on s'aperçoit de la grandeur de la Cordillère qui s'étend à sept mille cinq cents mètres depuis les côtes du Caribe jusqu´au Détroit de Magellan. L´homme aussi se sent tout petit. Dans les vallées des Andes, des rivières

coulent semblables à des fragiles filets d´eau. Ce n´est pas par hasard que les indiens de la région se dirigent vers là pour discuter sur le sens de la vie. C´est à cela que La Cordillère nous incite: enquérir sur le sens de l´existence. Il y a un mélange de sentiments qui va de l´enchantement à la crainte; La Cordillère n´est pas une barrière, un mur, mais des échelons à gravir. L´irrégularité de ce Massif nous évoque un paysage singulier : fort, majestueux et nous rappelle de notre impuissance devant la Nature imposante. C´est comme si la Cordillère n´avait pas de commencement ni de fin: elle est infinie, comme l`univers. Le sens, la conscience de la vie dans la Cordillère serait seulement le privilège de la contemplation. C´est quand l´homme envie le condor: il a la vision depuis les hauteurs: à lui est donné de voir les ondulations des roches comme si elles étaient des ondes pétrifiées. Avec ses sommets enneigés, ou nus, ses vallées profondes, la Cordillère, tout comme la vie, doit avoir un sens. C´est cela que se demandent les indigènes, eux que trop souvent voudraient se transfigurer en condor. On ne ressent pas de solitude en présence de

La Cordillère; La Cordillère étreint tout, elle absorbe tout dans son silence de pierre.

L´indienne plus âgée cuisinait des patates douces pour préparer le *lejía*. Puis s´adressant à Dorotea lui demanda:

– Tu as déjà parlé à un mort?

– Non, mais il y en a qui parle – répondit la jeune fille.

– Dimanche après la messe nous irons parler à une morte.

– Nous allons aller au cimetière?

– Non, nous irons à la maison où elle vit encore.

Dimanche après la messe, toutes les deux allèrent visiter la morte, dans un village isolé. Elles marchèrent quelques lieues au milieu de l´Altiplano.

– Bonjour, Abuelita!

– Bonjour les filles!

– Voici Dorotea, collègue de travail au couvent.

– Soit la bienvenue mon enfant. Je ne suis plus du monde des vivants. Officiellement je suis morte.

– Alors, moi aussi je le suis – contesta Dorotea – parce que je suis en train de parler avec vous.

– En serait-il? – douta la vieille.

– Alors, c´est comment de l´autre côté de la vie?

– Ah, mon enfant, c´est la même chose! L´important quand on est sur Terre c´est de vivre bien. Il faut apprendre avec les plus âgés pour pouvoir se remettre sur le bon chemin quand on se dévie de celui-ci. Les anciens sont comme des livres pour les blancs, où l´on garde la source du savoir, les histoires et coutumes de nos peuples. Quand nous disons *Sumak Kawsay, Suma Qamaña*, nous voulons dire que l´histoire des peuples est comparable à une roue en mouvement. Le passé vient devant, avec l´expérience et la connaissance qui a été gardé. Le passé, mon enfant, vient en premier, avec ce qui a été préservé, et le futur vient après. Nous, les aymaras, nous donnons notre *apjhata*, notre contribution qui est les enseignements sur l´art de savoir bien vivre. Ici dans la Cordillère la vie est dans toutes les choses et nous devons savoir comment traiter les énergies aussi bien matérielles que spirituelles de la vie. Nous devons savoir harmoniser les énergies du soleil et de la lune, les énergies de la clarté comme celles de

l´obscurité de la nuit. Les différents mondes, mon enfant, doivent exister en harmonie, c´est ce qu´on appelle le bien-être.

– Abuela, qu´est ce que c´est que ce bien-être? – questionna l'indienne.

– À l´époque ancienne, très loin dans le temps, les aymaras de la Bolivie voulaient être *qamiris*, ce qui veut dire «des gens qui vivent bien»: les gens de la communauté doivent prendre soins des autres; vivre simplement, vivre en harmonie avec la nature; ne pas détruire l´endroit où nous vivons. Vivre bien c´est savoir parler avec tout le monde pour arriver à un commun accord; pour qu´il n y ait pas de querelles; savoir respecter la manière d´être de l´autre. Sur cette planète, mes enfants, les uns dépendent des autres, même en habitant très loin. Ce respect signifie que nous devons continuer avec notre manière d´être et de vivre, ce qu´ils dénomment «identité». L´univers entier doit être respecté. Manger les produits de saison, réaliser nos fêtes communautaires pendant les semailles et les cueillettes, danser, comme nous le faisons pendant la *Pachamama*, car nous ne pouvons

pas oublier que le travail est une fête. Nous devons aller de l´avant avec nos âmes, mes enfants. Et c´est ça aussi qu´ils appellent «identité». Notre peuple a besoin d´avoir le sentiment d´appartenir à une grande famille. Et respecter les femmes, car nous les femmes nous sommes les représentantes de *Madre Tierra*. Nous produisons les fruits et nous prenons soins des fruits. Notre rêve, le rêve des peuples des Andes, se situe dans le passé et non dans le futur. Le temps pour nous doit revenir, c'est pour ça que j´ai dit que le temps est une roue. Notre bonheur est resté dans le passé, vous comprenez?

Abuela était à présent essoufflée, montrant des signes de fatigue, malgré qu´elle soit allongée sur un lit de camp étroit contre le mur de brique. Elle leur offrit une infusion de plantes, et l´indienne servit les trois. A la fin les deux se levèrent des tabourets qui étaient près du lit de camp, caressèrent tendrement les cheveux fins et blancs d´Abuela, passèrent avec douceur leur main sur son visage et dirent au revoir en promettant de revenir.

– *Adiós*, Abuelita.

– *Que se queden bien!*

– *Adiós, hijas!* No *se olvidem de* Pachamama!

4

Pachamama est la divinité Terre-Mère. Ce n´est pas une déesse qui a crée quelque chose, mais elle est protectrice et bienfaitrice. La Terre c´est tout: le sol, les eaux, la nature, les végétaux, les minéraux et tout de qui existe. C´est à elle que l´on s´adresse quand il s´agit de demander une aubaine ou le pardon d´une erreur. La déité é un être vivant. Pachamama est la divinité la plus présente pour les indigènes. Elle représente aussi la déesse de la fertilité. En échange de ses interventions dans le monde de la communauté, elle reçoit des offrandes: les pasteurs et les agriculteurs lui offrent des dons, justement car Pachamama a souvent faim et alors elle doit être

souvent nourrie; aussi ne faut-il pas lui manquer de respect, sinon les infirmités surviendraient. Les festivités en hommage à Terre-Mère commencent le premier Août et peuvent s´étendre tout au long du mois. Des lamas, des coquillages, des feuilles de coca sont offerts en holocauste et la plus grande des offrandes est le fœtus du lama, qui rendrait la terre fertile et la cueillette copieuse.

Etant donné son ancienneté et autorité moral, c´est Abuela qui préside la cérémonie, elle est la *yatiri*, la prêtresse. Elle réalise la liturgie pour attirer l´aubaine et la bonne volonté de la déesse. C´est pour cela que c´est Abuela qui reçoit le *challa* ou *pago*. La nuit dans les cabanes les familles cuisinent la *tijtincha*, une spécialité. Le lendemain, la communauté se réunit dans un endroit du village qui est plus en hauteur pour donner à manger et à boire à la Terre. Les hommes et les femmes prennent leur tour pour creuser un trou, qu´ils appellent *la boca*, comme si c´était la bouche de la Terre; ensuite ils allument des joints de marijuana et les mettent autour de l´orifice avec comme but de servir d´encens pour éloigner

les mauvais esprits et purifier le local. Ils déversent de l´eau au centre de *la boca* et à chacun leur tour à genoux, ils versent dans l´orifice des céréales, des feuilles de coca, de la *chicha*, qui est un genre de bière de maïs. Finalement, ils déversent à l´orifice de la purée de maïs et chacun met un peu de terre pour fermer le trou, au son d´une prière. Les hommes commencent, alors, à jouer de la musique autour de *la boca* et tous chantent pour fêter Pachamama. Ce rituel est un remerciement pour les offrandes que la déesse a accordé à la communauté et, en même temps un rituel propitiatoire pour que la prochaine année soit bienfaisante et qu´il n´y ait pas de tremblements de terre. Pendant la cérémonie les indigènes déversent sur le sol quelques gouttes de *chicha* pour la Terre-Mère, avant de boire.

Dorotea regardait tout le rituel, bouleversée, alors qu´elle recevait de sa compagne de cuisine les informations sur le sens de chaque geste. Religion et respect pour la Nature se mélangeaient, et cela la laissait émerveillée. Elles dormirent cette nuit-là dans la cabane de Abuela et le lendemain reprirent leur

chemin pour le couvent. Elle ressentait une grande transformation intérieure. Mais une constatation surgit dans son esprit: «Le peuple aymara est un peuple triste. Il a dû se sentir, pendant tout ce temps, opprimé, humilié, volé de son identité et culture. D´où la tristesse».

Les aymaras vénèrent encore Amaru et Mallku, divinités anciennes, mais rien n´arrive à atténuer ce sentiment d´abandon.

Et pour conséquent il y avait de la mélancolie atavique dans l´expression, le regard et les cantiques de ce peuple andin, même si le rythme était joyeux.

Sur le chemin de retour au couvent, l´indienne commença à chanter:

munasqetay
tuta punchay maskakunay
tarispa suscucunay warmisitay
munasqetay
tuta punchay maskakunay
tarispa suscucunay warmisitay
qanraykullay ña karin viday

sonqo kullay sipasitay
qanraykullay ña karin viday
sonqo kullay sipasitay[12]

Au lointain, on voyait les indiennes guidant leurs troupeaux de lamas et de vigognes et tissant sur leur métier à tisser, elles marchaient en tissant leurs fils de laine, et tout en tissant la vie se passait ainsi sur ce petit plateau de terre ferrugineuse et de graminées vertes ou jaunes, de pissenlits, avec ses lacs et ses flamands et l´immensité du ciel envahit par les pics les plus hauts de la Cordillère.

12 Mon bel amour/ma chérie d´amour ma vérité/ ma confiante raison de vivre/ma pluie d´Avril/ mon bel amour ma chérie d´amour ma vérité/ ma confiante raison de vivre/ ma pluie d´Avril /grâce à toi ma triste existence/ peut se transformer en un jardin/ grâce à toi ma triste existence/ peut se transformer en un jardin.

5

Dorotea se souvenait fréquemment de l´époque où elle avait connu Victor. Elle habitait dans un internat dans le quartier de Botafogo et faisait des études d´infirmière le matin et travaillait dans une clinique l´après-midi. Les fins de semaine quand elle n´allait pas à la plage, elle avait l´habitude de fréquenter avec quelques amies le Club de Football de Botafogo et Regatas. C´est là qu´elle fit la connaissance de Victor. Il était grand et tout en étant maigre il avait ses muscles bien définis. Il avait les yeux verts et la peau claire, ce qui démontrait son origine espagnole. Il faisait du canoë. Elle se distrayait en le regardant ramer en cadence dans son canoë, quelquefois seul

et d´autres fois avec un équipier. Quand enfin Victor s´était approché d´elle pour faire connaissance, elle avait apprécié son accent espagnol, il parlait très vite. Il était extroverti. Après quelque contacts au club, il lui dit qu´il était journaliste, correspondant de journaux de la Bolivie et du Mexique. Il avait, également publié un livre–reportage sur la situation politique dans son pays d´origine et un autre qui regroupait des reportages d´enquêtes. Son texte était limpide, concis, vertus d´un journaliste, même jeune, mais déjà expérimenté. Tout au long du temps passé ensemble, il n´avait jamais fait allusion à ses activités politiques. Pour elle il était question d´une personne idéaliste, amant de la liberté, athlétique et avec beaucoup de joie de vivre.

Dorotea était une femme au visage régulier, des jambes et cuisses dodues, un beau sourire, les yeux, cependant, étaient petits mais attentifs. Elle disait avec fierté qu´on pensait qu´elle ressemblait à l´actrice mexicaine Sarita Montiel. Elle savait chanter et avait une voix suave et un répertoire qui contenait beaucoup de chansons de Bienvenido Gandra, Lucho

Gatica, Agustin Lara et Pedro Vargas, entre autres. Elle chantait le Fado et le Tango aussi. Il s´émerveillait quand il l´entendait chanter. Quand ils allaient à des réceptions moins formelles chez des amis, il lui demandait de chanter. Il se sentait fier d´elle.

Victor avait l´habitude de recevoir des amis boliviens en général le dimanche dans son appartement dans la rue du Catete. Ils déjeunaient et après ils faisaient une réunion entre eux pour discuter de la situation dans leur pays, des analyse de conjoncture, comme ils disaient. Dorotea était presque toujours invitée. Victor voulait à tout prix cuisiner. Il préparait des steaks en lamelles, des pommes de terre bouillies ainsi que des épis de maïs. Il disait que c´était pour combler la nostalgie du trivial des boliviens. Ils buvaient de la bière et écoutaient de la musique des Andes. La musique des aymaras et des quechuas ont des joyeuses mélodies. De temps en temps il y avait aussi des journalistes brésiliens. Tous les deux sortaient aussi pour faire des promenades dans la forêt de la Tijuca ou alors pour aller se baigner à la mer. Victor était enchanté par le paysage de Rio de

Janeiro et lui avait dit qu´en Bolivie, au bord du Lac Titicaca il y avait aussi une ville et une baie du nom de Copacabana et une basilique de Notre Dame. La Vierge de Copacabana, taillée en 1583, «la reine de la nation», régnant dès lors sur un beau décor que celui de la Cordillère, dans son immensité de terre et d´eau lacustre, de sommets et de vallées, de falaises, d´aiguillés et de glaciers, quelque chose qui se rapprochait du ciel.

Elle se souvenait d´une cuite qu´il avait pris dans un bar du Posto 6. Elle l´avait ramené chez lui, elle lui avait enlevé son maillot de bain et l´avait douché, le soutenant pour qu´il ne tombe pas. Ensuite elle l´avait mis au lit. Quand il s´était réveillé, elle dormait déjà à ses côtés. Victor se leva silencieusement pour ne pas la réveiller, alla jusqu´à la cuisine, pris une aspirine et retourna se coucher, avec une envie de vomir. Il se sentait aimé et il aimait également. Aucune femme, à part sa mère quand il était petit, ne lui avait donné une douche ou lui avait mis son pyjama. Dorotea était comme son ange gardien. En se couchant il déposa un baiser sur son visage, elle était à plat ventre, il

passa lentement sa main sur ses cheveux châtains et s´endormit avec un agréable sentiment de tendresse pour cette femme qui dormait à ses côtés.

Se réveillant tôt le matin elle prépara leur petit déjeuner. Quand il vint en pyjama et avec les cheveux ébouriffés bayant encore, elle sourit et l´invita à s´asseoir. Elle avait fait du café, du pain grillé, et avait servi du lait, du beurre et de la confiture.

– C´est bon que tu manges bien, pour te guérir de cette gueule de bois – suggéra Dorotea, en terminant de mettre la table. Il bayait et ses mouvements étaient très lents.

– Merci, mon amour – dit-il d´une voix tendre.

Quelques fois, le soir, ils restaient ensemble dans la cuisine à boire du vin et à manger des petits morceaux de Parmesan coupés au fil de leur discussion. Ils devenaient très égayés et se racontaient des souvenirs de leur vie, il se rappelait des faits passés en Bolivie et elle se souvenait de son adolescence. Une fois l´euphorie dissipée, survenait la dépression typique provoquée par l´alcool et son visage devenait morne, et son regard vague. Elle disait qu´elle portait

en elle un pleur, mais qu´elle n´en savait pas la raison. Victor restait consterné, mais il ne voulait pas rejoindre l´univers des ombres et souffrances de sa compagne. Il voulait garder ses distances de ses fantômes du passé. Il respirait profondément comme quelqu´un qui solidarise et la conviait à aller dormir. Le jour suivant, tout redevenait normal.

Victor avait dans sa maison un télétype, puisque il envoyait de chez lui ses articles et avait transformé l´une des pièces de son appartement en un bureau. Les images il les envoyait du bélinographe du *Jornal do Brasil.* Dorotea était sortie tôt pour aller à la faculté et Victor après avoir pris le petit déjeuner était resté à l´appartement, et lisait le journal. Il avait seulement un rendez–vous en fin de matinée, une interview avec une personnalité politique brésilienne. Le Parti Communiste était maintenant considéré illégal par le gouvernement Dutra, et le militantisme était maintenant clandestin. Il allait avoir un entretien avec Luis Carlos Prestes, Secrétaire-Général du Parti, qui avait était sénateur dans l'Assemblée Constituante de 1946. Ils avaient alors, combiné d´un lieu de rencontre

dans un endroit incognito ; il serait conduit dans des lieux successifs par des militants, jusqu´à arriver à l´endroit où Prestes l´attendrait. Victor alla d´abord dans un bar comme l´avait déterminé le contact. Il demanda une pression et tout en lisant le journal, il observait chaque personne qui entrait. En musique de fond on pouvait écouter *Ave Maria no Morro*, de Dalva de Oliveira. Toute précaution était à préconiser. La démocratie était fragile. Le souvenir de la pratique de torture menée par la police politique de Getúlio Vargas, pendant l´État Nouveau, était bien ancré dans les mémoires. Victor avait entendu parler d´un allemand qui avait déserté d´un navire de la marine marchande, à cette période, pour peur de la guerre en Europe. Il avait passé plusieurs nuits attaché sur une chaise, avec un projecteur en plein visage et une goutte d´eau intermittente qui lui tombait au milieu de sa tête. Il insistait à demander l'asile politique mais les policiers de la dictature croyaient qu'il était un espion. C'était l'époque où le gouvernement de Getulio arrêtait indistinctement les fachos et les communistes. Rio était le centre culturel du Brésil.

Là vivaient beaucoup d'écrivains de renommée, on publiait les principaux journaux du pays, c'était le siège du gouvernement fédéral. La vie était paisible et agréable. Le quartier de La Lapa était un endroit de bohème. La ville a été construite entre les collines et la plage, un endroit privilégié de vert et bleu. Les restaurants portugais servaient de la cuisine bonne et pas chère. Les artistes de la Radio Nationale faisaient succès et la production de radio-théâtre et de musique était intense. Chateaubriand, le propriétaire d'une grande chaîne de radiodiffusion et de journaux, allait bientôt apporter au Brésil la dernière nouveauté en communication: la télévision dont les programmes étaient faits en direct. Le *teatro-rebolado*[13] dévoilait des beautés qui devenaient célèbres et convoitées. Les collines et les plages, le Jardin Botanique, les édifices d'art nouveau, néoclassique ou éclectique, l'architecture importée d'Europe – en harmonie parfaite avec la nature généreuse faisait de cette ville un endroit de délices.

13 Le music-hall, le cabaret.

Le contact de Victor arriva aussitôt. Un monsieur en complet blanc et cravate noire. Il s'assit à sa table, demanda une pression et lui dit que dès qu'ils termineraient leur boisson ils pourraient s'en aller.

Ils partirent en voiture, longeant le bord de mer, puis montèrent des rampes jusqu'à arriver dans un local désert. Prestes était là accompagné de trois personnes. Ils se saluèrent formellement et commencèrent aussitôt leur discussion. Preste commença en faisant une analyse de la conjecture mondiale et ensuite celle du Brésil. Apparemment la révolution allait se passer dans quelques jours, ceci était l'impression que Victor avait eue. Après le reportage, le jeune homme fut ramené par le même chauffeur.

Et les souvenirs bons ou mauvais resurgissaient à la surface. Quand son père se sépara de sa mère avec qui il maintenait une union libre, il se maria et la belle-mère encore jeune, belle, à la peau rose et aux jambes sculptées, on dirait par un artiste exigeant, avec de beaux cheveux bouclés, était compréhensive et tolérante. La belle-mère voulait à tout prix qu'elle fût une jeune fille instruite; elle lui achetait des livres

comme les *Três mosqueteiros de Pau*, *Reinações de Narizinho* et bien d'autres. Elle l'inscrit à un cours de piano et lui proportionna une éducation raffinée. Dorotea lisait beaucoup et les sœurs du Sacré Cœur avaient en estime cette jeune fille qui connaissait beaucoup d'auteurs brésiliens, portugais et français. Elle se débrouillait bien dans la langue de Flaubert et très tôt, on l'envoya en Angleterre où elle y resta deux ans pour étudier l'anglais. Quand elle retourna au Brésil elle s'inscrit au cours d'Ana Néri. A ce moment-là sa belle-mère décéda, son père commença à boire et les affaires empirèrent. Débuta alors la décadence de la famille et elle dût se lancer dans le monde et faire face à des dangers auxquels, jusqu'à présent elle avait été épargnée. Son père mourut et l'administration de son entreprise d'importation et exportation resta avec ses associés, ses quotas diminuaient et elle ne comprenait pas les explications qu´on lui donnait. Fille unique, sans savoir à qui demander des conseils, elle sut quelque temps plus tard que l'entreprise était entrée en concordat. Ils lui demandèrent de signer un document sous le prétexte que cela l'exempterait de toutes

responsabilités en relation aux dettes de l'entreprise et de toutes responsabilités solidaires et subsidiaires. Elle en fit ainsi. Sans revenu, elle commença à chercher du travail. C'est à cette époque qu'elle connut Victor. Elle avait maintenant quelqu'un avec qui diviser ses inquiétudes et aussi avec qui vivre des moments agréables. Elle s'apercevait que ce garçon commençait vraiment à lui plaire, ce garçon de taille haute, aimable et à l'accent prononcé. Elle sentait rencontrer en lui la protection qui soulageait en partie ses angoisses.

Le Maire Passos réalisa auparavant de grandes réformes urbaines à Rio de Janeiro. La ville prenait des airs de métropole. Elle aimait marcher sur les pavés de Copacabana, faits de pierres portugaises avec les mêmes motifs que l´on rencontre à Lisbonne.

– Copacabana se trouve en Bolivie – lui dit Victor en souriant pendant une promenade dans le quartier.

– Celle-ci ici devrait s'appeler de *Copabacana*![14]

---

14 *Copachouette.*

Ceci était un compliment et Dorotea le voyait de cette façon-là, elle qui aimait beaucoup sa ville. *Copacabana, princesse de la mer*, une composition de Braguinha et Alberto Ribeiro lancée en 1947 et chanté par Dick Farney et sa voix de velours. Victor avait l´habitude de fredonner cette chanson – avec cet accent espagnol. Dorotea riait d´un rire d´admiration, en regardant son amoureux et découvrait comme c´est bon de rire auprès de la personne que l´on aime. Elle qui savait chanter, chantait presque chuchotant, toute languissante, en regardant le jeune homme:

Il existe des plages si belles, gorgées de lumière,
Aucune autre n´a cet enchantement que tu possèdes,
Tes sables, ton ciel si beau,
Tes sirènes, toujours à sourire,

Copacabana petite princesse de la mer,
Au matin tu es la vie à chanter
Et le soir le soleil couchant,
Tu laisse toujours une nostalgie
En nous,

Copacabana l´océan, eternel chanteur,
En t ´embrassant, éperdu d´amour, tomba,
Et aujourd´hui ne vit que pour murmurer, seulement toi,
Copacabana ai-je d´aimer,

Il existe des plages si belles, gorgées de lumière,
Aucune autre n´a cet enchantement que tu possèdes,
Tes sables, ton ciel si beau,
Tes sirènes, toujours à sourire,
Copacabana petite princesse de la mer,
Au matin tu es la vie à chanter
Et le soir le soleil couchant,
Tu laisse toujours une nostalgie
En nous,
Copacabana l´océan, eternel chanteur,
En t ´embrassant, éperdu d´amour, tomba,
Et aujourd´hui ne vit que pour murmurer, seulement toi,
Copacabana ai-je d´aimer,

Il existe des plages si belles, gorgées de lumière...

Tous les deux sentaient une joie immense à prendre le tramway de Santa Teresa. Ils descendaient au Curvelo et se promenaient main dans la main. L´écrivain João do Rio, qui appréciait s´imprégner de l´âme de la ville et de ses parcs, écrivit: «En général on procure le mystère de la montagne pour dissimuler une promenade plus ou moins amoureuse». La nuance du plus ou moins n´existait plus dans le cœur de ce jeune couple. Il y avait à Santa Teresa la «Rua do Amor», à la Paroisse de São José. Ces deux jeunes aimaient flâner dans cette ville merveilleuse, dans la «Rua do Sacramento» où la brise chatouillait légèrement sur leur visage, et la fraîcheur apportait en soi le sentiment d´une douce joie, contrastant avec les maisons anciennes et avec quelques unes en ruine qui étaient devant l´antique église. Ils allaient quelquefois le samedi après-midi ou le dimanche au «Largo do Passo». C´était comme s´ils revoyaient sur un écran de cinéma les processions horriblement extravagantes de la Passion du Christ, de l´Enterrement et du Triomphe, malgré qu´ils ne soient ni l´un ni l´autre adepte d'une religion ni sympathisant de la mort, mais plutôt de

la vie dans toute sa plénitude, c´était des jeunes qui découvraient ce que la jeunesse leur gratifiait et ce qu´ elle allait encore leur concéder. Avec le contraste entre le triste et le joyeux, l´inexistant et ce qu´il allait encore arriver, ils se sentaient émerveillés par ce que la vie probablement leur réserverait en matières de bonheur possible, aussi minime qu´il soit, mais qui serait absorbé jusqu´à sa dernière goutte.

Le culte baroque de la mort est effrayant et Dorotea se souvenait de la peur qui l´a possédait quand elle regardait les images recouvertes par le tissu violet. Cela lui causait une profonde tristesse. Quand elle était encore qu´une petite fille elle pleurait en voyant la représentation du Seigneur Mort. Maintenant à l´âge adulte, les larmes ne coulaient plus mais un étrange sentiment l´a surprenait. Ceci était un monde triste qui s´opposait au *maxixe*[15] à la samba et aux chansons du Carnaval. Elle croyait que c´était bien meilleur de penser à la vie qu´à la mort même dans la croyance de la résurrection; elle désirait

15 Danse d'origine brésilienne à deux temps, à la mode au début du siècle.

maintenant sentir la joie de vivre auprès de Victor, de l´aimer, de se sentir protégée; d´apprendre à cuisiner quelques plats qu´elle savait qu'il aimait. Elle et Victor atteignaient de très près la plénitude. La procession du Seigneur Mort serait seulement un mémorial avec les vêtements sacerdotaux à l´allure solennelle que le temps avait confectionné et un appel émouvant subtilement planifié. La main aussi manipule l´âme, de cela elle en avait qu´un léger pressentiment. Quand Victor allait dans une ronde de samba, il emmenait souvent une bouteille de Pisco, une liqueur qu´il partageait avec ses compagnons. Quand Dorotea écouta pour la première fois la marche «loirinha», «la blondinette», chantée par Braguinha, qui en était aussi l´auteur, elle décida de devenir blonde bien qu´elle avait la peau mate. Cela lui donnait un air différent mais elle restait tout aussi belle. Le jeune homme quand il l´avait vu en blonde, sourit seulement. Elle lui demanda pourquoi il avait souri, si il n´aimait pas sa nouvelle couleur de cheveux. Il se pressa de gentiment lui répondre qu´elle était belle de n´importe quelle façon et cette nuit-là il allait faire

l´amour avec «une nouvelle femme, une blonde». Et il sourit d´ un air taquin.

Une fois, quand ils étaient allés visiter l´Église de la Penha, ils avaient montés les escaliers plus rapidement que ceux animés d´une ferveur religieuse, eux, ils étaient seulement poussés par la joie de la jeunesse et la volonté de rire à tout moment. De là haut ils contemplaient la ville en bas, construite à la lisière entre les montagnes et la mer. Splendide cette vision du bleu et du vert et de l´infini que même la ligne de l´horizon n´arrivait point à atténuer. L´art du Créateur devrait être reconnue dans la beauté de la création. Non pas le Créateur imaginé par la tradition judaïque-chrétienne, mais le principe harmonieux et universel de la poésie de l´Univers ce qui fait de la nature un motif de ravissement; de remerciement pour ce qui nous est propice quant à l´expérience esthétique. Les sens ne captent pas tout, ni la grandeur ni l´infiniment petit. Il s´éblouit comme nous nous éblouissons devant la Cordillère; on dirait que Dieu l´a fait pour montrer à l´échelle terrestre la petitesse de l´homme en relation à l´immensurable.

Dans les années 50, il eut une augmentation de l´occupation des collines de Rio, et surgit ainsi la communauté du «Morro do Alemão». L´allemand n´était pas allemand, mais polonais au nom de Leonard Kaczmarkiewcz. Il se passe que tous les gens au Brésil à la peau et aux yeux clairs sont surnommés «d`allemand» peu importe leur nationalité. Du haut de l´Église de La Penha ils virent le début de la substitution de la forêt par la maçonnerie et les cabanes faites de contreplaqué. Ils ne se doutaient pas de la catastrophe qui arriverait après sous les yeux et la complicité des pouvoirs publics. Ils s´importaient plus avec le sentiment qu´ils avaient l´un pour l´autre et pour l´instant un sentiment de bonheur, qui tout comme la brise qui soufflait suavement, chatouillait leur visage.

Là en bas, à Copacabana, quelques une de ses connaissances s´adonnaient à la prostitution; elles résidaient dans des «cambuses» avec des personnes inconnues et faisaient des programmes le soir. Beaucoup d´entre elles étaient jeunes et belles et comme elles ne trouvaient pas de travail elles se

prostituaient ou elles étaient «entretenues» par certains politiques de la capitale fédérale. Elle se souvenait particulièrement d´une, Janaína, de Bahia qui avait attrapé la tuberculose et se flétrissait en un clin d´œil comme un gardénia à qui on n'avait pas donné de l´eau ni les nutriments nécessaires, et dont on profitait seulement de sa beauté et du parfum qu´elle libérait. C´était des pensées qui lui venaient à l´esprit quand on compare les destins. Le sentiment était ambigu: de tristesse pour ces filles qui s´étaient engagées – croyait-elle – dans des chemins escarpés et dangereux; et aussi un sentiment de joie, car elle avait rencontré celui avec qui elle espérait partager sa vie. En plus, bien sûr, d´avoir un travail qui ne blessait pas sa dignité. Elle regrettait la situation de ces jeunes filles de Copacabana, *Copassacana*[16], comme elle disait pour notifier ce côté morbide du quartier, attribuant la faute à l´espace physique plutôt qu´aux circonstances. «Malheur à toi Copacabana!» – ainsi l´avait écrit Ruben Braga, un chroniqueur renommé

16 En portugais *sacana* veut dire salop.

habitant à Rio de Janeiro. Malheur à nous! – ce qui en était le sens du célèbre sermon de John Donne, un clerc anglais convaincu que quand quelqu´un meurt, les cloches sonnent pour tout le monde, puisque personne n'est une pièce isolée du continent, mais une partie de celui-ci. C´est comme si nous disions que l´humanité toute entière a quelque chose à voir avec la Cordillère des Andes mais pas seulement les aymaras, les quechuas, les prêtres espagnols, Dorotea et la variété de plantes et d´animaux qui vivent là.

Il avait eu un petit tremblement de terre ces jours-là, mais on entendait pour autant le son des bottes contre le plancher des véhicules militaires, des hommes avec des fusils circulant dans les rues et les places de La Paz.

L´après midi de ce jour-là, une camionnette avec quatre hommes de la police judiciaire se gara devant le convent des jésuites à l'Altiplano. Ils sonnèrent la clochette et l´un des prêtes vinrent voir de quoi s´agissait-il.

– Bonjour, Mon Père! – salua le chef du groupe. – Nous sommes des agents du gouvernement.

– Bonjour, messieurs! En quoi puis-je vous être utile ?

– Nous sommes à la recherche d´une jeune femme de nationalité brésilienne. Serait-elle ici par hasard ?

– Non messieurs cette jeune fille ne se trouve pas ici.

– Auriez-vous entendu parler d´elle ainsi que les autres prêtres ?

– Non nous ne savons rien à ce sujet.

– Avec tout notre respect, nous permettriez-vous d´entrer ?

– Oui, *por supuesto, adelante* ! – et il ouvrit le lourd portail. Les agents entrèrent un par un en faisant un signe de révérence au prêtre.

– Nous garderons tout le respect dû à la demeure des serviteurs de Dieu, mais nous aimerions parler avec le recteur et lui faire quelques observations sur la gravité de donner refuge à une fugitive.

– L´Église, messieurs, avec tout le respect que je vous dois, a une longue tradition d´offrir protection aux persécutés quand celle-ci est requise par ceux

qui ont supposément commis un délit, et ici il n´en serait pas pour autant différent. Mais je vous rassure que cette dame-là ne se rencontre pas ici. – Les agents qui étaient encore dans la cour, en écoutant ces paroles et en voyant le hochement de tête de leur chef firent demi tour et se dirigèrent vers la porte de sortie; le prêtre leur ouvra le portail et les salua poliment: – Je vous souhaite un bon retour et faites attention aux dangers de la Cordillère; conduisez lentement. – Les agents rentrèrent dans leur camionnette et s´en allèrent en soulevant un nuage de poussière. Le prêtre alors murmura entre ses dents : – Il ya des peccadilles qui sont pardonnées par anticipation. Celui-ci en est un – et il sourit. Dans un geste de solidarité des prêtres, Dorotea avait déjà été emmenée au cloître.

Le soir au dîner ils mangèrent un bouillon de maïs et jambon fait maison, accompagné, comme de coutume, d´un bon verre de vin.

Cette fois-ci elle échappa de peu. Après le souper, les femmes qui avaient préparé le repas recueillirent la vaisselle pour la laver. Dorotea était restée en

silence tout ce temps-là alors que les autres femmes chantaient une chanson mélancolique en aymara.

Une fois dans sa chambre, sous la lumière d´une lampe, Dorotea retira d'une boîte en carton une lettre écrite sur une feuille de cahier d'étudiant. Elle l'ouvrit lentement et avec le plus grand soin. C'était une lettre qu'elle avait découvert dans la poche de la veste que Victor aimait le plus, un blazer bleu avec des boutons dorés. La lettre se trouvait dans la poche intérieure gauche sans enveloppe. Comme si elle s´était amusée à découvrir les œufs de Pâques cachés dans la maison ou dans le jardin par ses parents. Elle avait toujours été à la recherche de quelque chose pour pouvoir dévoiler cet inquiétant mystère qui ne l'a laissé pas en paix. C'est alors qu'elle tomba sur ces feuilles. Sous la lumière ténue de la lampe, elle commença à relire la lettre de son mari. C´était comme si elle écoutait sa voix lui chuchotant à son oreille, ici auprès d'elle: «Tu sais, mon amour, comme j'aimerais être à tes côtés, pour te dire personnellement ce que tu es en train de lire; en regardant dans tes yeux attentifs, brillants comme les étoiles au clair de lune; contemplant ta

bouche qui attire toujours les baisers; ah, mon amour, nous n' avons pas eu beaucoup de temps, comme tu le sais aussi bien! Nous avons toujours essayé de vivre intensément et nous y sommes peut être parvenus. Mais cette période de convivialité, d'amour a été tellement courte. Où seras-tu au moment où tu liras cette lettre et où est-ce que je serai? J'aimerais tellement te dire des choses sur nous que je n'ai jamais osé dire auparavant. Des choses bien à nous. Je sais aujourd'hui qu'il ne faut rien remettre à plus tard dans la vie, la vie de l´instant présent, sous peine de nous lamenter demain. Ah, mon amour, j'espère que tu ne garderas aucun ressentiment pour t´avoir caché des informations sur le danger qui nous guettait. Je ne voulais pas t'inquiéter, je voulais toujours m'assurer que rien de mal n'allait t'arriver. Je serai celui que l´on crucifie pour qu'il ne reste aucune épine qui puisse faire du mal à ta chair ou à ton âme. Nous n'avons pas eu le temps de souffrir ensemble. Je ne sais même pas où je serais quand tu liras cette lettre. Je ne peux même pas faire des suppositions au cas où cette lettre tomberait aux mains d'indésirables.

Pardonne-moi ma chérie pour te faire endurer tout cela. C'est un calvaire. Je me rends compte maintenant que j'utilise beaucoup d'analogies de source biblique, chrétienne, même si tu sais que je ne professe aucune religion. Mais c'est à la souffrance injuste que je me réfère. Je reste avec la conscience douloureuse, pour t'avoir involontairement entraîné dans cette aventure que ni toi, ni même moi en savions le déroulement et encore moins la fin. Je me souviens avec tendresse des moments passés à Rio de Janeiro, des promenades, du quartier de 'Alto de Boa Vista' et de la forêt là en bas où souvent nous flirtions dans ma vieille voiture. Ah, comme tout cela me manque mon amour! Mais en dépit de tout ce que tu as vécu dernièrement dans mon pays, je sais que tu es aussi grandiose que la Cordillère. Tu as la vigueur de cette nature indomptable, la solidité des montagnes et tu sauras regarder au loin à l'horizon comme si tu *étais* au sommet à contempler la continuité de toute la montagne comme s'il s'agissait d'un torse de pierre. Tu te souviens des matins ensoleillés quand nous ressentions sur le visage la brise si fraîche en haut de

l'église de la Penha? Comme le destin nous pousse dans des circonstances imprévisibles dans des chemins que nous ne pouvons pas éviter, à des situations dont nous ne pouvons pas échapper. L'Histoire nous guide, mais aussi nous abandonne de nombreuses fois. Je regrette seulement, ma chérie, de ne pas t'avoir connu plus tôt quand j'étais à Rio de Janeiro. Tant de temps perdu! Nous aurions pu en profiter bien plus. Je dois te confesser, mon amour, qu'avec la probabilité de devoir rester loin de toi je ressens cette sensation, cet éloignement, comme si du haut de la montagne, dans la solitude de ces pierres froides, je regardais au loin les vallées et leurs fines rivières. Cette douleur, à la dimension des Andes, me tourmente».

À ce moment-là, Dorotea interrompit la lecture. Les larmes roulaient sur son visage à peine éclairé par la lampe. Dorotea sentait un froid intérieur et tremblait comme tremble la corde d'un arc qui vient juste de tirer une flèche. Elle se coucha sous une grosse couverture de laine mais même ainsi le froid persistait. La sensation était comme si elle tombait du haut d'une falaise dans les eaux glaciales de l'hiver.

A partir de ce moment-là, la jeune fille commença à avoir un comportement étrange: elle chantonnait pendant la messe, parlait toute seule, elle avait prit l'habitude d'enrouler une mèche de cheveux dans son doigt pendant des heures d'affilées, et paraissait vivre dans un autre monde. Elle semblait souvent ignorer ce que les autres femmes lui disaient, comme si elle était sourde. Les prêtres et les indiennes aymaras qui travaillaient avec elle se montraient préoccupés à son sujet. Il y avait un infirmier au milieu des prêtres mais il ne possédait aucune connaissances en psychiatrie. L'une des indiennes, la plus vieille, proposa aux autres d´emmener Dorotea au chaman de la tribu qui habitait dans le même village qu´Abuela. Peut- être arriverait- il à la ramener dans ce monde, soufrant et inhospitalier, mais qui était le monde des vivants dans la Cordillère qui semblait que celle-ci avait été mise là, comme un puzzle, bien au début de la planète, aux confins de la Terre.

Quand il eut un tremblement de terre dans la région, ils eurent beaucoup de difficultés à la faire sortir de l´intérieur du couvent pour aller dans la cour.

La terre hurlait, les chats et les chiens sortaient à toute vitesse, et la sensation était celle d´un bateau bravant les vagues les plus démontées. Dorotea résistait à suivre les autres: ils durent l´emmener presque en l´a portant, par la force. Et le bateau continuait à se déplacer sur la crête des vagues. La terre s´ébranlait et les personnes perdaient l´équilibre. Le grondement petit à petit termina et les gens, déjà habitués aux séismes se tranquillisèrent, en restant encore dehors comme s´ils attendaient d'éventuelles secousses. Dorotea donnait l´impression de ne pas se rendre compte de se qui se passait, elle restait là, tout en murmurant et en entortillant sa mèche de cheveux avec son doigt, dans son monde sombre et apparemment de tranquillité où même les tremblements de terre n´existait pas. Comment savoir, s'il ne nous serait pas permis de mesurer la douleur dans sa dimension appropriée, la souffrance émotionnelle et psychique? La souffrance laisserait la place à l´absence.

Les indiennes lui firent boire des infusions d´herbe tranquillisantes. Elle dormit bien cette nuit-là et se réveilla le lendemain plus tard que de coutume,

apparemment exorcisée de ses fantômes. Elle se doucha contrairement à ce qu´elle faisait toujours, car elle préférait prendre un bain avant de se coucher le soir, et elle alla à la cuisine voir les autres femmes, en démontrant ne se souvenir de rien de ce qu´il c´était passer le jour d´avant. Elle s´excusa pour le retard et prit le petit déjeuner que les indiennes lui avaient préparé, une infusion de coca pour améliorer l´oxygénation dans ces hauteurs et un bol d'*api*, une espèce de porridge de maïs.

Le soir, Dorotea alla dans sa chambre, alluma la lampe, retira la boîte en carton du tiroir de la table de chevet, prit la lettre, l´ouvrit, et la parcourut des yeux et s´arrêta aléatoirement sur une phrase: «Je craignais mon amour que l´on nous enlèverait le droit de vivre ensemble pour longtemps» Elle lit et relit cette phrase choisie au hasard. Ensuite elle rangea la lettre et remit la boîte dans le tiroir de la table de chevet, elle éteignit la lampe e s´enfouit sous la couverture. Elle tremblait de froid malgré que se soit l´été et resta en position de fœtus et s´endormit. Elle s´endormit profondément comme si c´était un moyen de fuir.

Le dimanche les indiennes invitèrent Dorotea à aller rendre visite à Abuelita. C´était une longue marche c´est pourquoi elles s´en allèrent à l´aube. Pendant le trajet elles virent quelques lamas menés par des femmes aymaras qui faisaient leur tapisserie sur leur métier à tisser.

– Ils sont beaux les chameaux vus de loin! – s´exclama Dorotea. Les indiennes se regardèrent d´un air sérieux et ne dirent rien.

– Mon père m´a dit une fois que dans ce désert mourut un roi portugais – ajouta la jeune fille. – Un roi bien jeune; ça doit être triste de mourir jeune.

Dorotea avait une démarche étrange et ses yeux bougeaient d´un côté à l´autre rapidement. Elle semblait ne pas avoir tous ses esprits. Les indiennes continuaient en silence, avec un air triste. A la fin de leur longue marche elles arrivèrent au village et se dirigèrent vers la maison d´adobe d´Abuelita. La plus vieille des indiennes l´appela dans un coin pour lui raconter ce qui se passait avec la jeune fille. Abuelita lui dit qu´elle irait faire une offrande à *Pachamama* lui demandant que l´esprit de Dorotea puisse revenir

du monde des sombres pour sa demeure habituelle. Elle leur servit une infusion de coca et du gâteau fait avec du maïs d´une couleur violette. Elles mangèrent avidement en silence car elles étaient affamées. Dorotea s´assit à l´écart des autres et de temps en temps balbutiait des choses incompréhensibles.

– Il faut rencontrer le corps du roi! – s´exclamait la jeune fille abruptement en s´adressant à Abuelita. – Toi qui connait bien le désert, tu pourrais m´aider à rencontrer la dépouille du roi.

Abuelita s´approcha de la jeune et lui dit patiemment:

– Oui, bien sûr que je vais t´aider à trouver le roi perdu dans le désert. Mais avant nous avons besoin de faire quelques offrandes au dieu du Soleil pour qu´il puisse illuminer notre recherche. En attendant, tu dois te reposer un peu – et elle lui montra un hamac. – Repose-toi un peu, mon enfant. Après nous ferons tout ça.

Dorotea s´allongea dans le hamac et plongea dans un silence profond avec ses yeux fixés au plafond. Les indiennes sortirent de la maison entrainées par

Abuelita, qui voulait savoir plus de détails. Elles lui racontèrent de la venue des policiers et de tout le remue-ménage qui en succéda.

– *Pobrezita*... La pauvre petite – dit la vieille femme avec une sincère consternation.

Pendant que les indiennes étaient parties dans la rue du village pour faire d´autres visites, Dorotea sortit de la maison, marcha sans direction précise dans l´immensité de l´Altiplano; au départ elle marchait d´un pas pressé, puis plus lentement sur le sable couleur ocre. Quand elle était déjà bien loin du village, elle vit un aigle mort comme s´il avait été crucifié sur des planches, pas exactement en forme de croix, mais les planches étaient clouées en forme de *x* sur un mât en bois; il y avait aussi des bouteilles remplies d´eau attachée au bois. Elle jeta un coup d´œil et rapidement pressa le pas et s´écria:

– Sorcellerie!

Elle ne voyait que le ciel touchant le sommet d´un rocher au lointain. Elle tomba, se releva et continua sa promenade sans but, jusqu´à ce qu´elle arriva près d´un lac entouré d´herbes jaunes et vertes

et parsemés de pissenlits et de beaucoup de flamands, dont plusieurs perchés sur une seule patte et d´autres picorant au bord du lac. Elle mit ses pieds dans l´eau et s´assit sur un rocher. Elle resta à regarder fixement au-delà du lac. Il faisait presque nuit lorsqu´un groupe d´indiens, parmi lequel il y avait la cuisinière en chef du couvent, la rencontra toujours assise avec son regard figé dans le vide. Ils la ramenèrent au village comme si elle était somnambule; en tombant sur l´aigle crucifié, ils s´éloignèrent de plusieurs mètres sans regarder l´étrange armature. Ils firent le chemin de retour dans un silence solennel.

Quand ils arrivèrent au village, chacun rentra chez soi, ne restant plus que la vieille cuisinière et Dorotea chez Abuelita. Elles l´assirent près de la petite table rustique et lui servirent un verre d´eau sulfureuse suivi d´un potage de pommes de terre et de maïs. Les deux indiennes aussi prirent un peu de soupe. Ensuite elles l´emmenèrent jusqu´au hamac dans la chambre où il en avait deux supplémentaires attachés aux poutres. Elles l´accommodèrent confortablement calfeutrée dans une couverture de

laine, car il faisait froid le soir à L´Altiplano. Les deux indiennes restèrent assises dans leur hamac en vigile jusqu´à être sûres que la jeune fille dormait d´un sommeil profond.

Abuelita se leva, éteignit la lampe à pétrole et souhaita une bonne nuit à sa compagne. Dehors on pouvait entendre le bruit du vent.

Le lendemain, au petit matin, les indiennes et Dorotea retournèrent au couvent. Quand elles arrivèrent, la vieille indienne s´en alla parler avec le prêtre recteur sur les évènements. Il se réunit à son tour avec deux autres prêtres pour discuter au sujet de la meilleure façon d´aider la jeune fille. Ils décidèrent de l´emmener à La Paz, discrètement, et l´héberger quelques jours chez les jésuites pendant qu´ils iraient chercher une clinique pour l´interner. Les prêtres demandèrent à la vieille indienne d´habiller Dorotea de la même façon que les indiennes s´habillent. Ensuite elle prépara la petite valise de Dorotea, mais la boîte en carton avec les photos, la jeune fille fit question de la porter à la main.

Ensuite, deux prêtres l´emmenèrent en jeep; ils prirent le soin de rabattre la capote de la partie arrière de la jeep Willys. Ils voulaient arriver le plus discrètement possible. Une fois à La Paz après un voyage tendu et fatigant, ils se présentèrent à la résidence des jésuites. Dorotea portait la boîte comme si c´était un objet sacré. C´était déjà le soir et la pénombre les protégeait. Ils discutèrent avec les prêtres en les orientant à trouver une clinique où elle ne soulèverait aucuns soupçons. Ils restèrent là cette nuit-là et rejoignirent l´Altiplano le lendemain matin aux premières lueurs de l´aube.

Le supérieur de la résidence s´en alla parler le matin même avec le médecin qui s´occupait habituellement des prêtres. Il l´accompagna à une clinique maintenue par une association d´assistance humanitaire située aux alentours de La Paz. Il connaissait le directeur. Ils furent aussitôt reçus par ce dernier. Le prêtre expliqua les symptômes que la jeune fille démontrait ces derniers temps et la cause probable à tout cela. Il demanda alors de la faire venir, qu´elle serait immédiatement internée.

Le prêtre exprima une dernière recommandation: que la jeune fille soit enregistrée sous un autre nom. Le directeur accepta. Quand ils emmenèrent Dorotea ils la laissèrent au soin de l´infirmière chef. Le prêtre et le médecin s´en allèrent aussitôt. L´infirmière chef lui demanda de lui donner la boîte en carton qu´elle tenait fermement entre ses mains; hésitante, Dorotea la lui donna et dit:

– Faites attention, madame, s´il vous plaît, là dedans c´est ma vie.

L´infirmière chef la regarda intriguée. Peut-être pensait-elle qu´elle divaguait. Elle garda la valise et la boîte dans une armoire en fer.

– Ça va, j´en prendrais le plus grand soin, soyez tranquille – et elle la conduit dans une petite salle où on lui changea de vêtements; on lui donna une camisole blanche en coton et ensuite on l´emmena tondre les cheveux pour qu´elle ne prenne pas de poux et pour faciliter la mise en place des électrodes. La première séance d´électrochocs se réalisa cet après-midi-là. Attachée avec des lanières de cuir sur un lit et une protection entre les dents, elle reçut les premières

décharges. À la suite des contractions musculaires, la relaxation. Après la séance d´électrochocs, Dorotea tomba dans un état de prostration. Elle reçut seulement son premier repas le lendemain matin et elle pouvait déjà se promener dans la cour avec les autres internés. Elle ressemblait à une somnambule au milieu d´un marécage de dense brume.

Le premier jour dans la cour elle restait distante, observant les autres internés. Le deuxième jour, une femme plus vieille s´approcha:

– Tu es nouvelle ici. Quand est–ce que tu es arrivée?

– Hier après–midi.

– Soit la bienvenue au monde des fous! – dit la femme avec un sourire, mais il sembla que cela ne plut point à Dorotea. La dame s´en aperçut et essaya de se corriger:

– Il ya plus de fous dehors qu´ici.

La jeune fille continua sans ne rien dire.

– Quel est ton nom? demanda t-elle?

– Dorotea.

– Et moi je suis Maria de l´Anunciación, mais tu peux m´appeler Maria – et elle lui tendit la main.

– Enchantée!

– Enchantée ! – répondit la jeune fille.

Et elles allèrent se promener ensemble. A un certain moment Maria dit:

– Tu vois ce monsieur debout en position de garde à vue? C´est Simon Bolivar.

En passant près de lui, Simon Bolivar en pyjama vert clair s´approcha. Tout vaniteux et avec un air solennel, étendit sa main à Dorotea:

– Permettez-moi de me présenter. Je suis le président Simon Bolivar.

– Honorée, Monseigneur *Libertador*, c´est un honneur de vous connaître – ajouta la jeune fille.

– Si vous avez besoin de quelque chose, avisez–moi et je m´en occuperai.

Et il s´éloigna en laissant échapper un pet.

La jeune fille regardait ces personnes semblables à des somnambules tout comme elle. Il y avait ceux qui sans dents mâchaient interminablement on ne sait pas trop quoi au juste, puis ceux qui marchaient d´un

côté à l´autre en parlant tout seul, dans leur monde particulier; certains marchaient en faisant trainer leur pieds si lourds, et laissant tomber des fils de bave; ceux qui restaient accroupis, d´autres encore ressemblaient à des escargots recroquevillés sur leur propre corps. Tout cela serait dorénavant le monde de Dorotea au moins pour quelques temps. Le monde du délire.

Dorotea s´asseyait souvent dans la cour, sur un banc fixé au sol, et ses pensées vaguaient, la transportant dans des endroits où pourrait être Victor; et si quelqu´un s´approchait pour lui parler, elle continuait son voyage, immobile, absente, car elle n´était pas présente, son esprit était loin, dans un autre endroit.

Elle le voyait habitant à la frontière de la ville de Cobija, du côté brésilien, caché dans la jungle, au milieu des arbres gigantesques comme les *seringueiras*: les arbres à caoutchouc et les châtaigniers; dans une cabane ou une petite maison en bois, qui sait peut-être ayant une crise da malaria. Il serait en train d´attendre que les choses se calment en Bolivie pour pouvoir rentrer. Ou aurait–il perdu la mémoire et oublié le

chemin de la maison, ou alors aurait-il constitué une autre famille? Ou alors il serait dans un *pueblo*, un village près de la mer, au bord du Pacifique, du côté chilien? Lui qui aimait tellement la mer, une espèce d´atavisme au fait que la Bolivie ait perdu sa part des eaux bleues et calmes du Pacifique. Il devrait être bien, quelque part dans un endroit sûr – pensait–elle. Elle refusait de considérer qu´il soit dans n´importe quel cachot en territoire Bolivien. Non, pas cela! Ou serait-il dans une région brumeuse sans rencontrer la sortie, seulement des marais au milieu d´une forêt dense? Quelle souffrance, *Díos mio!*, Mon Dieu! En disant cela elle se leva, secoua sa tunique comme pour se rafraichir et elle resta là à étirer l'élastique de sa culotte comme si celle-ci lui serrait les flancs; puis elle s'en alla à toute vitesse presque en courant en direction au mur qui entourait la cour tapissée d'herbes et arborisée. À partir de ce moment elle prit cette manie de s'éventer les cuisses avec le bord de sa robe ou de sa jupe et d´étirer l'élastique de ses sous-vêtements.

La forêt amazonienne! Cela serait un bon refuge – pensait la jeune fille, avec une lueur d'espoir, car il y en a toujours quand il s'agit des personnes que l'on aime. La forêt d'un côté est inhospitalière, mais elle peut aussi être accueillante, quand on sait comment s'y prendre avec elle. Il faut savoir. Est-ce que Victor saurait?

– Ce doute lui martelait l'esprit. Une mer verte vue de haut. Des arbres séculaires énormes en hauteur et en circonférence, des châtaigniers, des arbres à caoutchouc, des acajous, des *andirobas*, et d'autres espèces d'arbres typiquement de la région, comme des *ipés*, des *aroeiras*, *anjicos*, et les mailles de lianes... Les pluies torrentielles laissent leur marque en forme de marécages aux terrains boueux et couverts d'eaux stagnantes à la végétation dense et fermée; sans compter ses fruits variés, mais aussi un monde très dangereux d'insectes et de bêtes. Il y en a qui disent que la forêt amazonienne est la partie la plus jeune de la planète, un terrain sableux et vaseux pas tout a fait ajusté mais toujours dans sa phase mutante de par la propre nature des choses et

de par la main de l'homme qui n'aide pas toujours au procédé de la création divine. L'Amazonie avec ses ruisseaux fluviomaritimes qui s´étendent dans la vallée majestueuse: les *furos*[17] et *igarapés*[18], les *igapós*[19]. La terre entrecoupée d´eaux. De la même façon que se forment beaucoup de petites îles, elles disparaissent aux caprices des eaux. La forêt amazonienne est le contretemps géologique de la Cordillère, elle est née des mouvements survenus dans les Andes, avec les plaines inondables quartenaires en stade de formation. La forêt n´existerait pas sans l´émersion de la Cordillère qui lui a donné la vie dans le procédé continue de la création et de la recréation du monde. Plusieurs millénaires auparavant tout cela n´était que pur océan. Temps immémoriaux.

Mais où serait Victor maintenant? Est-ce qu´il serait capable de survivre dans la forêt si abondante mais aussi si inhospitalière Est-ce qu´il aurait les moyens de chasser? Il y avait beaucoup de fruits,

17 Espace navigable entre arbres ou plantes aquatiques.

18 Canal dont la dimension ne laisse passer que des canoës.

19 Morceau de forêt envahi par l´eau.

et surement qu´il pourrait pêcher. Serait-il réfugié dans une tribu indigène? Ou dans un petit village d´agriculteurs ou de mineurs? C´était des pensées qui agressaient l´esprit tourmenté de Dorotea.

L´une des pires sensations est celle de se sentir seul au monde. Elle comptait au moins sur la solidarité des prêtres et des indiennes aymaras de l´Altiplano.

L´heure était venue où Dorotea pouvait quitter la clinique et pour plus paradoxal que cela puisse paraître, le fait de savoir cela l´angoissait. Ici à la clinique elle se sentait en sécurité. Où irait-elle? Elle avait désappris à se prendre elle-même en charge, elle avait oublié la vie au dehors de ces hauts murs. Que deviendra-t-elle? Son agitation se reflétait sur la fréquence avec laquelle elle balançait le bord de sa robe et étirait l´élastique de sa culotte. Elle s´isolait dans sa tête et marchait comme une automate dans la cour. Elle ne parlait à personne, même s´ils insistaient, ni même avec les personnes avec qui elle était plus proche. Elle plongea dans une phase de silence et d'ombres. Elle devait avoir encore quelques

entretiens avec les médecins, mais elle savait qu'ils pensaient que l´heure était venue pour elle de céder la place à un autre malade qui attendait d´être interné. Elle était déjà capable de sortir et de s´assumer – ainsi présumaient les médecins et les infirmières de l´institution.

Pendant qu´elle était à la clinique, Dorotea fit quelques séances de psychothérapie. Dans l´une d´elle, elle raconta qu´elle avait eu un rêve dans lequel elle vit une salle très sombre où il y avait un homme assis sur une chaise avec un projecteur en plein visage et une goutte d´eau qui tombait sans interruption bien au centre de sa tête. Le jour suivant cet homme fut obligé à rester debout et au premier signe de sommeil il était immédiatement réveillé, jusqu`au moment où l´homme s´évanouit. Il était habillé avec le blazer de Victor, celui où elle avait trouvé la lettre dans l´une de ses poches. Le psychologue lui demanda si elle avait la lettre avec elle. Elle lui dit que si. Il lui demanda alors de lire un extrait de la lettre, qu´elle voulait. La jeune fille lit: «Mon amour, pourquoi ne nous sommes-nous pas connus plus tôt pour pouvoir

passer plus de temps ensemble? Tu vas beaucoup me manquer. Oh, oui !»

Les jésuites de la résidence da La Paz envoyèrent une dame, qui travaillait depuis très longtemps dans leur maison, chercher Dorotea et l´emmener dans sa nouvelle demeure. Elle était située dans le même quartier populaire où habitait cette femme, une petite maison modeste à proximité de celle de la dame, dans la même petite ruelle. Les prêtres allaient s´occuper du paiement du loyer et de donner un peu d´argent mensuel pour entretenir Dorotea. Petit à petit elle s´habitua à sa nouvelle vie. Elle sortait tous les jours pour marcher dans les rues de la ville, sans destination précise, avec le portrait de Victor dans son sac.

Manolo, un chômeur qui vivait d´expédients, était toujours saoul. Quand il croisa Dorotea pour la première fois dans le quartier, il s´arrêta et l´a regarda de haut en bas et s´exclama: *Mamacita lindaaaaaa*!!![20] Et lui envoya un baiser dans sa direction: «Ivrogne» – râla-t- elle. Chaque fois qu´il la voyait il plaisantait

20 Ou là là, une belle nana!

avec elle. Une fois, quand elle retournait chez elle, il montait la pente en titubant, et il l´a taquina et elle rétorqua:

– Ivrogne!

Manolo s´en allant en chantant une chanson connue avec l´intention de l´énerver encore plus:

Gracias a Díos soy soltero,
Viditay soy soltero;
Que les importa si me alegro,
Si me emboracho,
Que si me emboracho es con mi plata
Y no le devo a nadie![21]

Une autre fois, en la croisant, il *s´exclama:*

– Vamos hacer un polvito mágico, guapa?

Elle couru après lui en le frappant avec son sac jusqu´à ce qu´il s´éloignât et s´en alla en direction de sa maison où il habitait avec ses parents.

---

21 Je suis célibataire, Dieu merci,/ma belle, je suis célibataire;/personne n'a rien à voir si je suis gai/ si je m'enivre,/donc, si je m'enivre c'est avec mon argent/et je ne dois rien à personne.

– Va baiser ta mère, misérable ivrogne! – vociféra Dorotea très indignée.

Le temps se volatilisait et Dorotea vieillissait. Quand elle montrait le portrait de Victor aux gens, quelques uns lui demandaient si c´était son fils. Elle ne s´était pas rendu compte que le temps avait passé si vite et qu´elle recherchait toujours le même Victor, celui de la photo; elle observait les visages des hommes de trente ans dans l´espoir de le retrouver, alors que maintenant il devait avoir environs soixante ans. Elle avait vieilli rapidement et avait l´apparence de quelqu´un de bien plus âgé que son âge. Cependant elle continuait toujours ses recherches, poussée par le tourment, la souffrance intérieure, et par ce mal de vivre permanent. Elle continuait à mettre des rouleaux dans ses cheveux pour qu´ils soient plus volumineux, à les teindre en blond, elle se peignait les ongles. Elle était coquette, voulant être toujours présentable et prête pour les retrouvailles avec son mari.

Cela faisait déjà longtemps qu´ils la laissait en paix. Elle ne représentait aucun danger. Elle était

seulement La Vieja ou La Loca, La Vieille ou La Folle de ce quartier simple. Elle ne se souciait plus d´être suivie. Elle s'asseyait souvent sur un banc d´une place et restait là plusieurs heures à observer les passants ou à se rappeler de vagues souvenirs, le regard dans le vide. Le Brésil n´ était plus qu´un souvenir lointain. Seulement les bonnes réminiscences de Victor. Elle ne se souvenait plus de ses parents ni de ses amis. C´était comme un monde lointain dont elle ne suivait plus les nouvelles ni recevait des lettres. Elle avait choisi de devenir bolivienne, elle avait appris à aimer ce pays. En effet, Victor était le seul à la valoriser comme une femme digne et respectée. Il l´avait vraiment aimé et elle aussi l´aimait. Le meilleur de tous les sentiments, la réciprocité de l´affection.

Les amies aymaras de L´Altiplano invitèrent Dorotea à passer les festivités du *Dia del Indio*, fêté le 2 Août. Quand elle arriva chez Abuelita, on lui servit des *olluco con charqui*, *chuño*, des pommes de terre déshydratées et aussi du *quinoa* une céréale originaire des Andes. Dorotea était considérée un membre de la communauté aymara, et les indiens

ressentait pour elle le devoir de la solidarité. La communauté célébrait Tunupa, le dieu créateur de l´univers, du vent, de la pluie, des montagnes et des lacs. Il inspira aussi la coutume du peuple aymara: la musique, le labour, le tissage, la langue et les règles de morale. Pendant les festivités ils invoquaient aussi le pouvoir des esprits qui habitent dans les montagnes, dans le ciel et dans la force naturelle des éclairs. Dorotea était très heureuse de revoir ces anciennes amies et elles en profitèrent pour parler longuement. Abuelita ne quittait pratiquement plus son hamac et ses petits-enfants et ses amies du village s´occupaient d´elle. Dorotea visita aussi le couvent, certains prêtres avaient été remplacés par d´autres, mais tous ceux qui étaient là connaissaient son histoire. Dans la cuisine les mêmes indiennes s´occupaient toujours des tâches ménagères. Aux yeux de Dorotea, cet endroit faisait parti de son monde. Le monde des hauteurs, de l´Altiplano, de l´immense Cordillère des Andes avec sa froideur et ses mystères. Tunupa a dû avoir beaucoup de travail pour créer cet immense et vaste bloc de pierre élevé en direction au ciel et qui

s´étend de bout en bout dans la bordure occidentale de L´Amérique du Sud.

Dorotea était sur le seuil de la porte de la maison d´Abuelita. On voyait seulement sa silhouette à contre-jour avec les rayons rouges du soleil couchant. La vieille indienne lui dit affectueusement:

– Mon enfant, prends ce tabouret et assieds-toi ici près de moi. – Dorotea pris un tabouret qui était près de la table où Abuelita prenait ses repas et s´assit tout près de la vieille à la hauteur de son visage. Elle commença à caresser suavement les cheveux blancs d´Abuelita.

– Mon enfant, je sais que l´esprit qui habite dans ton corps est tourmenté. Tu es plus calme maintenant, mais tu souffres encore beaucoup. La nostalgie de celui qu´on aime est une douleur qui tue lentement. Quand on perd une personne qui nous est très chère c´est une partie de nous qui s´en va, j´ai déjà subi cela. Mes bien-aimés qui partirent vivent dans les montagnes. Je sais qu´ils vont bien et qu´ils prennent bien soin de moi, et que je ne tarderai pas à m´en aller les rejoindre.

Les yeux de Dorotea se remplirent de larmes. La vieille indienne continua:

– Ton Victor n'est pas venu. Mais s´il est dans les montagnes, il va bien. Nous devons prier nos dieux pour qu´il puisse trouver la paix et qu´il puisse s´occuper de toi, d`où il est. Tu es allée à sa recherche aux mauvais endroits. J´ai eu une vision de lui, une nuit; je n´arrivait pas à dormir, tu sais les vieux dorment peu. Il me souriait et m´a demandé d'implorer nos dieux pour que tu trouve la paix. Il est temps que tu fasses la cérémonie d´adieux et accepte qu´il a fait le grand voyage. C´est mieux pour lui et pour toi, c´est seulement de cette façon-là que tous les deux vous rencontrerez la paix et il pourra compléter son voyage. Mets sa photo près de ton lit, garde la lettre qu´il t´a écrite comme un bon souvenir et souviens-toi de lui avec amour. Mais il ne reviendra pas. Je sais que les catholiques s´habillent en noir quand quelqu´un de la famille meurt. Fais-le, et fais aussi une prière et dit adieu à ton mari. Il restera toujours auprès de toi. Fais donc tout cela, mon enfant.

– Je respecte ta sagesse Abuelita. Si je devais encore pleurer pour lui, je n´aurais pas assez de temps pour déverser toutes mes larmes dans les vallées profondes de la Cordillère. Merci du fond du cœur, Abuelita!

Elle déposa un bisou sur son visage et pris congé, car elle devait partir bien tôt le lendemain matin.

Au petit matin le bus partit emmenant Dorotea. Très haut dans le bleu du ciel, volait un condor; tout autour, les sommets de la Cordillère inscrutable et majestueuse. Le condor se distançait planant dans les courants des vents. Il semblait qu´il percevait là en bas les esprits qui habitent les montagnes. Et le condor continuait sa route.

Et la voilà qui reste derrière, la grande chaine de montagnes de sept milles cinq cents kilomètres d´extension allant du Venezuela jusqu`à la Terre du Feu, à la bordure de l´océan Pacifique. Des mouvements géologiques élevèrent les blocs de terre et creusèrent des bassins pour composer la majestueuse Cordillère. Les Andes centrales qui recouvrent la Bolivie et le Pérou sont immenses. Ici

il y a des hauts plateaux, l´Altiplano bolivien ou *puna*, comme on les appelle au Pérou, pouvant atteindre les quatre milles mètres d´altitudes. À l´est et à l´ouest ces vastes régions sont entourées par une série de cordillères. On y trouve des volcans silencieux. Cette partie des Andes est aride et le pâturage est rare. Il existait ici il y a très longtemps, à l´époque précolombienne, plusieurs civilisations, étant celle des incas la plus splendide, avec son empire décimé par les colonisateurs. Dans la partie orientale, surgit une forêt d´une hauteur qui en arrive à atteindre à peu près trois milles quatre cents mètres. Tout cela est monumental!

La montagne gelée de Huayna Potosí, l´ancien cœur de l´Empire Inca, atteint l´altitude de six milles cinq cents mètres. Où seraient les esprits des morts? Qui sait si le condor aurait comme mission de veiller sur eux? Le condor des Andes, le plus grand des faucons du monde qui peut voler jusqu´à trois cents kilomètres par jour. Là de ses hauteurs vertigineuses, la montagne, la grandiose Cordillère abrite les esprits de ceux qui nous ont déjà quittés. À l´intérieur du bus

qui la ramenait à La Paz, Dorotea, les larmes aux yeux mais l´esprit en paix, d´un signe de la main faisait son dernier adieu.

Em apoio à sustentabilidade à preservação ambiental, a LGE Editora declara que este livro foi impresso com papel produzido de florestas cultivadas em áreas não degradadas e que é inteiramente reciclável.